LA FARCE DE MAÎTRE PATHELIN

LA FARCE DE MAÎTRE MIMIN

La Farce de Maître Pathelin

TRADUCTION, PRÉSENTATION ET NOTES DE DARWIN SMITH

La Farce de Maître Mimin

TRADUCTION, PRÉSENTATION ET NOTES DE VÉRONIQUE DOMINGUEZ

LE LIVRE DE POCHE

Libretti

Ouvrage réalisé sous la direction de Michel Zink.

Darwin Smith est historien, chercheur au CNRS, responsable du Groupe d'étude sur le théâtre médiéval au Laboratoire de Médiévistique occidentale de Paris (UMR 8589) et actuellement directeur de l'Institut des Traditions textuelles (FR 33).

Véronique Dominguez est maître de conférences en langue et littérature médiévales. Ses travaux portent sur le théâtre français du Moyen Âge ainsi que sur sa réception aux XXe et XXIe siècles. Dernier ouvrage paru : *La Scène et la Croix. Le jeu de l'acteur dans les Passions dramatiques françaises (XIVe-XVIe siècles)*, Turnhout, Brepols, 2007.

LA FARCE DE MAÎTRE PATHELIN

Maître Pierre Pathelin[1] est un météore qui a percuté la langue française à la fin du XVᵉ siècle, et dont le choc est encore perceptible aujourd'hui. Qui ne connaît les expressions « Revenons à nos moutons » ou « C'est lui tout craché » ? Toutes deux ont pour origine la célèbre pièce, considérée depuis longtemps comme le chef-d'œuvre du théâtre médiéval, la première comédie avant Molière. Les contemporains ne s'y sont pas trompés. Simon Gréban a émaillé la première journée de son énorme *Mystère des Actes des Apôtres* de citations verbales ou dramatiques tirées de *Pathelin*. Des suites ont été écrites – qui ne soutiennent pas la comparaison : *Le Nouveau Pathelin* et *Le Testament Pathelin*. Étienne Pasquier le donne en exemple de réussite insurpassable, supérieur aux pièces antiques[2], et Rabelais le connaissait par cœur. *Pathelin* a joué dans l'histoire de la langue et de la littérature françaises le même rôle que *L'Eunuque* de Térence dans le monde latin : citée de mémoire par Cicéron, Quintilien et saint Augustin, cette œuvre est à l'origine de nombreuses expressions consacrées.

La pièce est hors normes par son développement (plus de 1 600 vers)[3] : la première partie, à elle seule, est plus

---

1. Depuis le début du XVIᵉ siècle, *Maître Pierre Pathelin* est très généralement identifié sous le titre *La Farce de Maître Pathelin*. Pour cette raison, et faciliter ainsi le référencement de cette traduction, nous avons conservé cette appellation dans le titre de l'ouvrage.   2. Étienne PASQUIER, *Les Recherches de la France*, Paris, L. Sonnius, 1621, VIII, 59, p. 780 : « … je trouvay, sans y penser, la Farce de Maistre Pierre Pathelin, que je leu & releu avec un tel contentement, que j'oppose maintenant cet eschantillon à toutes les Comédies Grecques, Latines, & Italiennes… »   3. Soit un texte à peine moins long que celui de comédies classiques telles

longue que la plupart des grandes farces : *La Tripière, La Pipée, Le Pourpoint rétréci* et *Le Capitaine Malenpoint* n'excèdent pas 800 à 900 vers. Surtout, la complexité de l'intrigue et des personnages, loin de tout stéréotype, se révèle unique en son genre.

Première partie. Dans le logis d'un petit bourg, maître Pierre Pathelin, avocat à la dérive, est interpellé par Guillemette. Ils n'ont plus rien à manger ni d'habits décents pour se vêtir. Plaideur à l'« *auditoire* », lieu de justice où sont traités en première instance les conflits locaux, maître Pierre est sans travail. Piqué au vif par les remarques acerbes de sa compagne, Pathelin vante ses talents : il plaide mieux que personne et sait « chanter au livre », une difficile technique d'improvisation polyphonique sur un chant liturgique[1]. Il dévoile ainsi avoir été enfant de chœur, et de ceux, parmi les plus doués, qui étaient envoyés à la faculté des Arts pour y étudier – apprentissage qu'il avoue avoir seulement commencé. Mais aux yeux de Guillemette, son vrai talent est ailleurs : il est un maître trompeur. On apprendra plus tard qu'il a été condamné au pilori pour fait de tromperie et conspué par toute la population. C'est sans doute pour cette raison qu'il n'a plus de clientèle.

Pris d'une inspiration subite, Pathelin décide d'aller à la foire et prétend en rapporter de quoi les habiller tous deux

_____

que *Le Misanthrope, L'École des femmes* ou *Les Femmes savantes* (1 800 vers). De fait, *Maître Pathelin* n'est pas une farce, mais bien une comédie, comme le dit l'adresse aux spectateurs contenue dans le manuscrit La Vallière (voir traduction, v. 1628 : « Prenez en gré la comédie… »), et ainsi que l'avait déjà fait observer Henri Estienne en 1578 : « CELTOPHILE. – Avez-vous lu cette farce de bout en bout ? […] PHILAUSONE. – Ouy, mais il y a longtemps. Toutefois, il me souvient encore de plusieurs bons mots et beaux traicts, et de la bonne disposition conjoincte avec l'intention gentile, tellement qu'il me semble que je luy fay grant tort en l'appelant une farce, et qu'elle mérite bien le nom de comédie » (*Deux dialogues du nouveau langage françois italianisé*).

1. Sur le sens de l'expression « *chanter au livre* », voir D. SMITH, *Maistre Pierre Pathelin. Le Miroir d'Orgueil. Texte d'un recueil inédit du XVᵉ siècle (mss Paris, B.N.F. fr. 1707 et 15080). Introduction, édition, traduction et notes*, Tarabuste, Saint-Benoît-du-Sault, 2002, p. 73, et notes 111 à 115, p. 137-139.

de neuf. Il y rencontre un jeune homme de sa connaissance, Guillaume, installé comme marchand de tissu. À force de flatteries, Pathelin endort son évidente méfiance – Guillaume a certainement assisté à l'épreuve du pilori à laquelle a été soumis l'avocat véreux. En misant sur la cupidité de Guillaume, au terme d'une négociation magistrale et moyennant la promesse d'un paiement en or, Pathelin obtient crédit sur une pièce de tissu. Rentré chez lui, il informe Guillemette de son stratagème : jouer le malade quand Guillaume viendra se faire payer. Au moment dit, le jeune marchand est mystifié : dans une succession de *langaiges*, ou délires en différentes langues, l'avocat lui fait croire qu'il est au seuil de la mort. Guillaume se retire, persuadé d'avoir été victime du diable. Pathelin exulte. Il s'affirme maintenant capable d'obtenir du boulanger voisin une rente de pain frais pour toute l'année : lui et Guillemette sont sauvés de la misère.

Deuxième partie. Un berger, Thibaut Agnelet, accusé d'avoir tué puis mangé une partie des brebis du troupeau dont il avait la garde, vient demander à Pathelin de le défendre. Les témoignages l'accablent, mais l'avocat lui propose l'unique moyen de sauver sa cause désespérée : répondre « Bée ! » à toute question. Au tribunal, Pathelin découvre que l'accusateur du Berger n'est autre que le Drapier qu'il vient de gruger. Guillaume, abasourdi de retrouver devant lui, comme assesseur du Juge, celui qu'il croyait mourant dans son lit, s'embrouille dans l'exposé de sa plainte : il mélange son tissu escroqué avec ses brebis mangées, Pathelin avec le Berger. Le Juge about le Berger comme simple d'esprit. En guise de paiement, Thibaut gratifiera l'avocat du « Bée ! » qu'il a si bien appris pour sa défense. Pathelin a trouvé son maître : le trompeur finit trompé.

Les personnages

Homme doué d'une imagination exceptionnelle, Pathelin est la proie de l'*Orgueil*, péché capital qui inspire ses actions et fonde son sentiment de supériorité. D'âge mûr

– il est le contemporain du père du jeune marchand de tissu –, son habileté à argumenter et sa rouerie juridique en font un trompeur exemplaire[1]. Son incomparable virtuosité verbale est emblématique : il explore toutes les ressources du langage dans les registres aussi bien élevés que scabreux, avec une inventivité dont l'audace lui fait créer des néologismes encore présents dans le français contemporain. Pathelin joue avec les mots et la langue comme autant de masques pour ses tromperies, terrain où il n'est jamais pris en défaut.

Guillemette, compagne des bons et des mauvais jours, se voit nommée par différents qualificatifs de la part de Pathelin : « m'amie…, belle dame…, belle sœur…, ma bourgeoise… » Au Drapier, il affirme vouloir du tissu pour « sa femme », mais parle-t-il de Guillemette ? Chez Pathelin, Guillaume ne s'adressera jamais à elle comme à la femme de maître Pierre, et Guillemette ne parle jamais de *son mari*, même quand il lui serait naturel de revendiquer son statut d'épouse auprès d'un homme à l'agonie : il est « mon maître…, maître Pierre…, cet homme…, le pauvre homme… ». Guillemette est donc sa concubine, sous couvert sans doute d'un statut de parente à son service. Au regard des canons médiévaux, l'avocat cumule le péché de *Luxure* et celui d'*Orgueil*.

De son côté, le Drapier, Guillaume, un homme jeune, est la proie du péché d'*Avarice*. Pour garder son troupeau, il a exploité un enfant qui, une fois grand, ne recevra pas le salaire auquel il a droit. Guillemette affirme qu'il ne ferait jamais l'aumône, même au plus démuni : une indication clinique de son vice. Guillaume avouera que Pathelin « a pris à vingt-quatre sous du tissu qui n'en vaut pas vingt », après avoir d'abord juré que le tissu est à son juste prix, augmenté par la rigueur de l'hiver, et que la laine lui

---

1. Le héros du film *Il Bidone* de Fellini (1954), Augusto (Broderick Crawford), représente une des incarnations les plus suggestives de Pathelin en tant que personnage type ; il faut noter en particulier la scène où l'escroc, reconnu par une de ses victimes dans une salle de spectacle, tente, comme Pathelin au tribunal, de cacher son visage avec ses mains.

avait coûté le double de l'ordinaire. Enfin, il mesure le tissu de façon si douteuse que l'avocat réagit avec vigueur. Ces étapes de la négociation sont l'exacte dramatisation des tromperies successives de la « 8e manière d'avarice marchande », décrite par la *Somme le Roi*, manuel d'instruction morale qui eut un énorme succès aux XIVe et XVe siècles[1].

Pathelin et Guillaume se trompent donc mutuellement. Le principe de ce marché de dupes est conforme à une « objection » de Thomas d'Aquin au sujet de la fraude, dans la *Somme théologique*[2], qui pose que « la justice de la loi civile permet à un acheteur et à un vendeur de se duper l'un l'autre ». Comme pour la *Somme le Roi*, il s'agit d'un texte fondateur qui a servi de cadre aux réflexions éthiques et aux prédications sur le sujet.

Quant au Berger, sous son apparente niaiserie paysanne, il est supérieurement rusé – ce qu'observe aussitôt Pathelin, qui apprécie en fin connaisseur la manière dont Thibaut s'est constitué une rente en viande pendant trois ans. En affirmant à deux reprises à l'avocat – inquiet des capacités de paiement de son client – qu'il le paiera « *à son mot* », il sait déjà comment le rétribuer une fois le procès terminé. En conclusion, le Berger rendra caduque la maîtrise du langage par laquelle Pathelin domine son monde, en réduisant la communication à une seule onomatopée.

L'élaboration des personnages répond, on le voit, à la complexité des catégories analytiques médiévales qui décrivent l'individu soumis aux passions : les péchés capitaux constituent la base scientifique sur laquelle se fonde la vision comportementale. La pièce *Maître Pierre Pathelin* est la brillante exposition clinicienne de personnages soumis à des pulsions profondes et confrontés à la réalité sociale de leur temps : de là un destin de précarité pour Pathelin et Guillemette ; l'affairisme obtus et pingre de Guillaume, jeune héritier lancé dans le commerce des tissus,

---

1. Sur le rôle fondateur des péchés capitaux dans *Pathelin*, voir D. SMITH, *op. cit.,* p. 22-23, et note 62, p. 116-117.   2. *Somme théologique*, II, II, Question 77, « La Fraude », article 1.

le plus lucratif des produits de première nécessité[1], avec les retours de fortune qui peuvent frapper les maîtres odieux ; en passant par la rapacité d'un juge qui fait observer à son assesseur qu'il n'a rien à gagner à défendre un cul-terreux, et qui invite ensuite à souper un homme dont il ne peut ignorer, encore moins que tout autre, la condamnation au pilori.

Qui a composé Pathelin ?

Maître Pierre Pathelin, œuvre anonyme, nous est connu par deux manuscrits du milieu des années 1470, antérieurs de dix ans aux plus anciens imprimés (Lyon, vers 1485 ; Paris, 1490-1491), et dont les textes, sensiblement différents, permettent d'appréhender l'histoire de sa composition.

Une troupe de quatre (ou cinq) acteurs[2] apprenait par cœur un « ruban » versifié composé d'octosyllabes à rimes plates (*aabbccddeeff*…). Ce tissu octosyllabique rassemblait la matière de l'ensemble des répliques. Pour la représentation, ce ruban était segmenté et transformé par des questions, exclamations et autres développements improvisés. L'examen des variantes qui résultent de ces procédés dialogiques fait constater une forme de jeu *all' improviso* sur canevas[3].

La perfection de la construction de l'œuvre et la précision horlogère de la « machine » dramatique, en particulier dans les scènes de la négociation du drap et du procès du Berger, nous ont conduit à l'hypothèse d'un travail en collaboration, qui aurait conjugué les talents d'un acteur et

---

1. Sur le drap, élément central de l'œuvre, voir Smith, *op. cit.,* p. 11-12, 26, 240.   2. Quatre est le nombre minimal d'acteurs nécessaires pour jouer *Pathelin*, et correspond aussi au nombre donné par le plus ancien contrat connu (en France) de troupe avec gains partagés et obligations réciproques, découvert et transcrit par Élisabeth Lalou : Paris, Archives nationales, Minutier des notaires, XIX, 1 (texte dans Smith, *op. cit.,* p. 152, note 152).   3. Pour l'analyse de la transmission du texte, le détail des rapports entre les différentes versions et l'utilisation des procédés que nous évoquons ici, voir Smith, *op. cit.,* notamment p. 79-101.

d'un auteur. Le travail à quatre mains est une pratique dominante dans le théâtre professionnel élisabéthain – que l'on pense à Shakespeare et Fletcher pour *The Two Noble Kinsmen* – et connaît de célèbres exemples jusqu'à l'époque moderne : Goldoni et Sacchi pour *Il Servitore di due padroni*, Brecht et Margaret Steffin pour *Mère Courage et ses enfants*. Mais l'auteur de *Pathelin* pourrait aussi bien être une personnalité de la carrure d'un Molière, qui aurait assumé à elle seule la connaissance des modèles latins et l'inventivité performative, soutenue par le travail d'une troupe professionnelle.

Peu avant 1475, pour une raison inconnue, peut-être liée au démembrement de la troupe, l'œuvre est écrite et mise en circulation sous forme d'*originaux*[1]. Ces *originaux* transcrivaient pour la lecture le tissu mémorisé d'octosyllabes à rimes plates, découpé selon les séquences dialogiques, en identifiant et intercalant le nom des rôles, et en incorporant tout ou partie des développements habituellement improvisés.

Au moins cinq *originaux* ont ainsi été élaborés, comportant chacun un ensemble d'interpolations différent de tous les autres[2]. Aucun ne nous est parvenu, mais trois d'entre eux ont eu une postérité.

Un premier *original* fut transcrit directement (ou d'après une très bonne copie intermédiaire) par un professionnel à l'œil photographique qui copiait plus vite qu'il ne comprenait : c'est la version du recueil La Vallière[3], qui contient

---

1. On ne peut exclure d'autres scénarios pour expliquer l'établissement et la dispersion de ces « originaux » qui pourraient avoir eu lieu à différents moments de l'histoire de la troupe. Le partage simultané de ce qui constituait le bien commun des membres de la troupe est une hypothèse plausible : d'une part, elle correspond à la réalité juridique du droit d'association ; d'autre part, une telle situation est connue par l'exemple célèbre de la publication du « First Folio » (*Mr. William Shakespeare Comedies, Histories & Tragedies, Published according to the True Originall Copies*, Londres, 1623), première édition globale des œuvres de Shakespeare, par ses anciens compagnons, sept ans après sa mort.   2. Sur la tradition textuelle et les cinq « mises en œuvre » dont témoignent les cinq groupes d'interpolations, voir Smith, *op. cit.*, p. 79 et suiv., p. 95 et suiv.   3. Paris, B.N.F., ms. français 25467.

l'épisode en *langaiges* dans sa forme la plus ramassée et la moins déformée[1]. Le second *original* fut copié et transmis par un nombre x d'intermédiaires (majoritairement bons) : c'est la copie du recueil Bigot[2], qui contient le développement sur l'escroquerie faite au boulanger, et une ponctuation indiquant par endroits les points de segmentation du tissu versifié des répliques mémorisées[3]. Les recueils La Vallière et Bigot ont été copiés entre 1475 et 1480[4]. Cette datation concorde avec la présence de nombreuses références textuelles à *Pathelin* dans *Le Mystère des Actes des Apôtres*, composé entre 1473 et 1478 ; son auteur, Simon Gréban, disposait à l'évidence d'une copie de *Pathelin*.

Un dernier *original* a donné naissance à une ou plusieurs copies qui devaient aboutir ultérieurement à un état imprimé, début d'un succès de librairie très durable pour plusieurs dizaines d'éditions à Paris, Lyon et Rouen entre 1485 et la fin du XVIe siècle. Le manuscrit Taylor, lui-même copié sur un incunable aujourd'hui perdu, fait partie de cette branche[5]. La tradition textuelle imprimée, une fois établie, a pour caractéristique d'être figée dans sa transmission : on n'y trouve aucune modification structurelle du texte autre qu'accidentelle (suppression ou oubli de vers, comme cela arrive fréquemment dans toute transmission imprimée ou manuscrite de texte versifié). Elle témoigne aussi d'une altération profonde des *langaiges* de Pathelin, transformant ce qui était intelligible en un délire incompréhensible du type du jargon réservé aux fous et possédés du démon qui s'exprimaient en accord avec leur nature chaotique[6].

---

1. Voir Smith, « Le jargon franco-anglais de maître Pathelin », *Journal des Savants*, 1989, p. 259-276.　　2. Paris, B.N.F., mss français 1707 et 15080.　　3. Sur la ponctuation du recueil Bigot, voir Smith, *op. cit.,* note 97, p. 125-133.　　4. Sur la datation du recueil Bigot (entre 1475 et 1478), voir Smith, *op. cit.,* p. 50 ; pour celle du recueil La Vallière, *ibid.*, p. 159, note 166.　　5. Paris, B.N.F., ms. Nouvelles acquisitions françaises 4723. Le texte du manuscrit Taylor est supérieur à celui de l'édition Levet, dont il n'est pas une copie (voir Smith, *op. cit.,* note 138, p. 148-149).　　6. Sur la structure des *langaiges* de Pathelin, voir Smith, *op. cit.,* p. 90-93, et *idem*, « Le jargon franco-anglais de maître Pathelin », *Journal des Savants*, 1989, p. 259-276.

Postérité de l'œuvre

Après une éclipse au XVIIᵉ siècle, les recherches érudites sur les « poètes gaulois » du Moyen Âge donnent à *Pathelin* une nouvelle vie littéraire et dramatique. En 1706, l'abbé Brueys adapte l'œuvre (*L'Avocat Pathelin*) pour la Comédie-Française, en y ajoutant une intrigue amoureuse entre deux nouveaux personnages : Henriette, fille de Pathelin, et Valère, fils du Drapier[1]. En 1723, *Pathelin* est publié dans une collection de poche, et réimprimé avec une ponctuation modifiée en 1762[2].

C'est à l'Américain Robert T. Holbrook qu'il appartint de publier, en 1924, la première édition destinée à faire référence dans le milieu académique[3]. Mais l'érudit n'était pas un spécialiste des manuscrits médiévaux. Par méconnaissance, il data les manuscrits La Vallière et Bigot comme postérieurs aux imprimés du début du XVIᵉ siècle et déclara leur texte sans valeur. L'intérêt de ces manuscrits ne fut remarqué pour la première fois qu'en 1973 pour La Vallière[4], et en 2002 pour Bigot[5].

---

1. Le *Pathelin* de Brueys sera joué chaque année à la Comédie-Française jusqu'à la Révolution, puis de nouveau au XIXᵉ siècle jusqu'en 1859. Une nouvelle version y sera montée en 1872 (Édouard FOURNIER, *La Farce de Maître Pathelin, mise en trois actes, avec traduction en vers modernes vis-à-vis du texte du XVᵉ siècle, et précédée d'un prologue, représentée pour la première fois à la Comédie-Française le 26 novembre 1872*, Paris, Librairie des Bibliophiles, 1872). 2. *La Farce de Maistre Pathelin, avec son testament a quatre personnages*, Paris, Urbain Coustelier, 1723 ; Paris, Durand, 1762. 3. R. T. HOLBROOK, *Maistre Pierre Pathelin*, Paris, Champion, 1924, « Classiques français du Moyen Âge », 35 ; 2ᵉ édition révisée, 1937. 4. Michel ROUSSE, « Pathelin est notre première comédie », dans *Mélanges de langue et de littérature médiévales offerts à Pierre le Gentil*, 1973, p. 753-758. Le texte de ce manuscrit a été édité une première fois par Jean-Claude Aubailly, *« La Farce de Maistre Pathelin » et ses continuations. « Le Nouveau Pathelin » et Le Testament de Pierre Pathelin*. Paris, CDU-SEDES, 1979. Nouvelle édition : André TISSIER, *Recueil de farces (1450-1550), t. VII, Maître Pathelin*, Genève, Droz, 1993 ; un nombre très important d'erreurs de lecture (souvent les mêmes que dans l'édition Aubailly) a conduit l'éditeur à de nombreux rectificatifs dans un volume ultérieur (vol. XIII, 2000) sans lequel l'édition n'est pas utilisable. 5. SMITH, *op. cit.*

Traduit dans les principales langues véhiculaires, et même en espéranto, *Maître Pierre Pathelin* est joué dans le monde entier par des troupes professionnelles, sauf en France où la pièce est encore reléguée dans l'héritage scolaire des manuels de littérature de la IIIe République. En 2000, un directeur de scène nationale pouvait très sérieusement nous demander : « Mais pourquoi donc voulez-vous faire représenter *Pathelin* ? » On le comprendra à la lecture de la pièce.

Le texte et la construction dramaturgique

Le texte original est composé en octosyllabes à rimes plates (enchaînés deux par deux à la rime : *aabbccddee*…). Le premier vers de la réplique d'un personnage rime toujours avec le dernier vers du personnage qui le précède (rime mnémonique).

Une adresse aux spectateurs, au vers 1023, divise la pièce en deux parties. Cette adresse intervient à la jonction de deux répliques non liées par la rime mnémonique, dont l'une s'achève et l'autre commence par un couple d'octosyllabes à rimes plates, indication d'une césure complète. C'est la seule suspension de l'action qui se déroule sinon sans transition, à deux, trois ou quatre voix, en séquences enchaînées par de brefs monologues.

Trois personnages interviennent dans la première partie, quatre dans la seconde. Chacune des parties commence par un conflit à l'intérieur d'un couple (1re partie : Pathelin/Guillemette ; 2e partie : Drapier/Berger), où s'expriment des liens de dépendance personnelle. Les climax dramatiques sont préparés par différentes combinaisons successives de duos :

1re partie : aux duos Pathelin-Guillemette (v. 1-96), Pathelin-Drapier (v. 98-325), Pathelin-Guillemette (v. 344-489) et Guillemette-Drapier (v. 499-589), succède le trio Pathelin-Guillemette-Drapier (v. 594-958).

2e partie : aux duos Berger-Drapier (v. 1041-1090) et Berger-Pathelin (v. 1093-1235), succède le quatuor Pathelin-Juge-Drapier-Berger (v. 1240-1523).

Malgré ces similitudes, la construction dramaturgique échappe à la répétition, du fait des différences structurelles entre les deux climax dramatiques : le trio de la première partie comporte des inclusions d'actions simultanées, un procédé courant de l'élaboration dramatique au XVe siècle.

Note sur la traduction

Nous avons entièrement revu notre traduction publiée en 2002 avec l'édition du texte du manuscrit Bigot[1]. Nous nous étions alors donné pour principe de rester aussi près que possible de la vivacité du rythme octosyllabique, dans une langue adaptée à l'intelligibilité dialogique et dramatique. Cette démarche nous avait conduit à transposer de façon anachronique les délires de Pathelin (v. 818-940), et ce choix mérite quelques explications[2].

Moment fort de l'œuvre, le passage en *langaiges* démontre la virtuosité de l'avocat qui trompe le Drapier en le ridiculisant par des propos qui construisent un sens pour le public, mais constituent un charabia pour Guillaume. Chaque *langaige* reprend un canevas d'attitudes – accueillante, injurieuse, familière, agressive, implorante – incarnées par différents personnages types (chevalier fanfaron, messager biberon, archer testateur…), pour simuler le désordre mental annonciateur de la mort et persuader Guillaume de partir. Simultanément, ces délires pointent le physique, la bêtise et la tricherie du Drapier. Cette structuration n'avait jamais été perçue par la critique, les délires de Pathelin ayant toujours été compris comme un étincelant baragouin[3].

---

1. SMITH, *op. cit.*, p. 257-313.   2. Le grand poète écossais Edwin Morgan (né en 1920), à qui l'on doit également les traductions de *Cyrano de Bergerac* et de *Phèdre*, a traduit *Pathelin* en octosyllabes à rimes plates (*Master Peter Pathelin*, Third Eye Center, Glasgow, 1983), et transposé les jargons en les réduisant à cinq (écossais, allemand, italien, russe, latin). 3. En 1903, Louis-Émile Chevaldin, dans *Les Jargons de « La Farce de Pathelin ». Pour la première fois reconstitués, traduits et commentés...* (Paris, Fontemoing, 1903), avait eu l'intuition de leur nécessaire intelligi-

Or c'est précisément l'organisation d'un sens interne qui permet, dans la typologie des personnages et de leur langage, de distinguer le délire de Pathelin de celui des fous et possédés qui est, lui, véritablement déstructuré et littéralement incompréhensible[1].

Pathelin s'exprime successivement au moyen de tous les parlers qui jouxtaient le français dans le royaume et à ses frontières : limousin, picard, anglais (pseudo-flamand), normand, breton, lorrain, latin. Ce plurilinguisme a déjà une histoire inscrite dans la littérature aussi bien que dans les documents de la pratique. Ainsi, dès le XIIIe siècle, Renart jargonne en anglais pour tromper Ysengrin (*Renart teinturier*). Quant au latin, langue des clercs, à défaut d'être compris par tous, il sonne aux oreilles de toute la communauté par la liturgie. Les coups de projecteur patheliniens sur ces parlers fonctionnent comme autant d'indices d'une réalité linguistique partagée, nourrie de marqueurs génériques et géographiques, lexicaux et morphologiques. L'on a cherché à identifier des allusions à des événements contemporains de l'œuvre. Mais il s'agit surtout d'une brillante utilisation d'un procédé dramatique très ancien – on pense au patois du Mégarien des *Acharniens* d'Aristophane ou du *Petit Carthaginois* de Térence – qui ouvre ici la galerie des masques dont dispose l'acteur et son personnage pour se travestir, dérouter et tromper. Le procédé sera exploité par Molière – et avec quel profit ! – dans *Les Fourberies de Scapin* et *Monsieur de Pourceaugnac*.

Traduire les jargons de Pathelin présente une double difficulté. D'une part, leur texte, très corrompu, masque souvent leur intelligibilité, quelle que soit la tradition textuelle (le manuscrit La Vallière étant cependant le plus proche d'un état « original »). D'autre part, il fallait restituer un univers contextuel qui faisait immédiatement sens, pour que le lecteur ou le spectateur d'aujourd'hui comprenne le déroulement interne des répliques et suive, comme son

---

bilité, mais le résultat est une accumulation fatrasique, hors toute critique textuelle et interne, et n'apporte rien à leur compréhension.

1. Sur la structure des jargons de Pathelin, voir références p. 12, note 6.

homologue du XVᵉ siècle, la démonstration qui met en lumière le ridicule physique, intellectuel et psychologique du Drapier. Au prix d'un anachronisme, nous pensons avoir pu restituer cette dynamique dramatique, en transformant le jargon limousin en italien, le picard en anglais, l'anglais en russe, le normand en « technico-mathématique », le breton en « païen » (à partir de mots français d'origine arabe, persane ou turque), et le lorrain en allemand ; enfin le latin a été remplacé par un autre texte de sens plus transparent. Les mots de langues étrangères peuvent servir de support à un travail pédagogique, et il n'est pas inutile de se rappeler à quel point le lexique de la langue française est redevable, dans l'histoire, à une multiplicité d'autres idiomes.

Parmi les modifications proposées dans la présente révision, signalons les invocations pieuses, dont nous avons essayé de mieux rendre le caractère d'autorité ou de dérision comique. Plus généralement, nous sommes intervenu sur tous les points où nous pensions pouvoir mieux respecter un texte dont on ne soulignera jamais assez la richesse. Des termes propres à la terminologie du XVᵉ siècle, seules ont été conservées les unités de mesure et de monnaie.

Les parties entre crochets droits correspondent à des lacunes du texte du manuscrit Bigot, qui ont été rétablies soit d'après le texte du manuscrit La Vallière, soit d'après la tradition imprimée. Le texte de Bigot ne comporte qu'une seule indication de mise en scène (« en s'en allant », après v. 324). Toutes les autres, entre crochets droits, ont été rajoutées, ainsi que les divisions en scènes.

D. Smith

Maître Pierre Pathelin

Personnages

MAÎTRE PIERRE PATHELIN
GUILLEMETTE
LE DRAPIER, GUILLAUME JOUCEAULME
LE BERGER, THIBAUT AGNELET
LE JUGE

Les deux parties se jouent dans un même espace double : *intérieur* d'un côté, *extérieur* de l'autre.

Tout au long de la pièce, l'*intérieur* représente le domicile de maître Pathelin et de sa compagne Guillemette.

L'*extérieur* est le lieu des rencontres, négociations, débats et monologues. Dans la première partie, c'est le lieu de la « foire » (marché) où Pathelin se rend pour trouver du tissu, puis, dans la deuxième partie, de l'« *auditoire* » (tribunal) où se tient le procès.

[PREMIÈRE PARTIE]

[Scène 1. Pathelin, Guillemette]

[Intérieur : chez Pathelin. Deux sièges. Quand l'action commence, Pathelin et Guillemette sont assis et la discussion en cours vire à l'aigre.]

PATHELIN.

Mais vérité vraie ! Guillemette,
j'ai beau me décarcasser
pour monter une combine,
pas la moindre rentrée en vue.
5 Nous en vivions, quand je plaidais.

GUILLEMETTE.

Par sainte Vérité, je pensais
à ce qu'on raconte au barreau :
on ne vous croit pas si habile
qu'auparavant, tant s'en faut.
10 Je suis témoin qu'ils vous voulaient
tous pour se faire acquitter,
mais à présent, ils vous appellent
partout « l'avocat du désert ».

PATHELIN.

Aussi ne parlé-je pas pour me
15 vanter mais ici, au canton
où nous tenons tribunal, nul n'est
aussi habile, sauf le maire[1].

GUILLEMETTE.

Seulement lui, il a été maître
à Paris ; il y a bell' lurette.

---

1. En se proclamant l'égal du maire pour l'habileté juridique, Pathelin fait référence à celui qui apparaîtra comme juge dans la deuxième partie, puisque dans les seigneuries d'Île-de-France à cette époque, les maires cumulaient souvent la fonction de juge ; cette parité, revendiquée par Pathelin, est vérifiée par son rôle d'assesseur auprès du Juge (à partir du v. 1277) qui fait appel à lui comme informateur (v. 1293), lui confie l'assistance juridique du Berger (après v. 1395) et l'invite à dîner (v. 1523).

PATHELIN.   20 De qui ne puis-je mettre en miettes
                      la défense, si je veux, même
                      si je n'ai pas eu mon diplôme ?
                      J'ose me vanter que je sais
                      aussi bien improviser
                   25 à deux voix avec notre prêtre
                      à la messe, que si j'avais
                      suivi un maître des années[1].

GUILLEMETTE.   Ridicule ! Et ça nous vaut quoi ?
                      Nous crevons de faim, et plus rien
                   30 à nous mettre sur le dos, sans
                      le début d'une idée pour y
                      remédier. Et rien à l'horizon.
                      Que nous vaut votre beau savoir ?

PATHELIN.   Taisez-vous ! J'ai toujours fait face.
                   35 Si j'y mets tout mon talent,
                      je saurai bien trouver de quoi
                      nous habiller de pied en cap.
                      Nous nous en sortirons, pardi,
                      et d'un coup serons rétablis.
                   40 En un rien, tout peut basculer.
                      Si je dois prendre la peine
                      de montrer mon savoir-faire,
                      personne n'arrive à mon niveau[2].

GUILLEMETTE.   Par saint Flagrant, en tromperie,
                   45 oui, vous êtes le plus habile.

---

1. La pique de Guillemette (v. 18-19) contraint l'avocat à dévoiler son passé en se vantant d'un talent hors pair pour « *chanter au livre* », difficile technique du déchant, qu'apprenaient les enfants des chœurs de maîtrises cathédrales ou collégiales (voir Introduction, p. 6). Pathelin affirme d'emblée sa compétence vocale qu'illustrera brillamment l'épisode des délires (v. 818-940).   2. Après s'être déclaré aussi habile que le maire (v. 14-17) et que le prêtre (v. 23-25), se posant comme l'égal des deux plus importants personnages de la communauté où se situe l'action, Pathelin affirme sa supériorité absolue. C'est le développement de la thématique de l'Orgueil (voir Introduction, p. 7-8) ; la première partie s'achèvera sur la reconnaissance par Guillemette qu'il est bien « *sur les autres le maistre* » (v. 994).

PATHELIN.   Par l'Esprit absolu, on ne
                             trouverait un meilleur plaideur !

GUILLEMETTE.   Par l'Évangile, un meilleur trompeur.
                             À la réflexion, c'est vraiment
    50   étonnant : sans instruction
                             et sans talent, on vous prend
                             pour une des meilleures têtes
                             qui soient dans toute la paroisse !

PATHELIN.   Nul n'est plus instruit que moi
    55   en matière de plaidoirie.

GUILLEMETTE.   Au secours ! C'est en tromperie
                             que vous décrochez le gros lot !

PATHELIN.   Ce compliment, c'est pour ceux
                             qui ont pris la toque et l'hermine ;
    60   on le dit pour beaucoup d'avocats,
                             mais ils ne le méritent pas.
                             Laissons tomber ça, mon amie,
                             car je veux aller à la foire.

GUILLEMETTE.   À la foire ?

PATHELIN.   Par l'Évangile, oui :
    65   à la foire. Jolie croqueuse[1],
                             voyez-vous un inconvénient
                             à ce que j'acquière quelque
                             tissu ou tout autre nécessaire ?
                             Nous n'avons plus d'habit décent.

GUILLEMETTE.   70   Nous n'avons plus le moindre sou :
                             qu'y feriez-vous ?

PATHELIN.   C'est mon affaire.

---

1. Nous traduisons ainsi « *Gentil marchande* », pour rendre l'inventivité verbale dont Pathelin fait preuve à l'égard de sa compagne (voir Introduction, p. 8) et le retournement, sur le mode humoristique, du reproche
que lui fait Guillemette de ne pouvoir assurer leur survie économique.
L'adresse du texte original annonce la négociation marchande, développée
dans l'action qui suivra.

Belle dame, si vous n'avez
pas bientôt du tissu pour deux,
vous pourrez donc m'en remontrer.
75 Quelle couleur préférez-vous :
un gris ? un vert ? un écarlate[1] ?
un quoi ? Il faut que je le sache.

GUILLEMETTE.   Prenez ce que vous trouverez :
qui emprunte ne choisit pas.

PATHELIN.   80 Pour vous, ce sont deux et demi,
et pour moi trois ou même quatre
aunes[2].

GUILLEMETTE.   Vous dépassez la mesure !
Qui donc vous en fera crédit ?

PATHELIN.   Vous voulez savoir qui ? Qu'importe.
85 On m'en fera vraiment crédit,
pour les payer au Jugement
dernier, pas un seul jour plus tôt.

GUILLEMETTE.   Alors celui qui tient la banque
n'a aucun souci à se faire.

---

1. Pathelin propose à Guillemette les couleurs les plus chères, celles pour lesquelles au moins trois bains de teinture étaient nécessaires. Ce contexte permet de penser que le « *Brucelle* », troisième tissu énuméré par l'avocat, est ici synonyme d'« écarlate », une étoffe dont le luxe n'était égalé, voire dépassé, que par les soieries. Il y a donc surenchère dans la proposition « un gris ? un vert ? un écarlate ? » ; l'ultime proposition – « un quoi ? » (qui traduit « *ou d'autre ?* ») – ajoute la nuance « que pouvez-vous vouloir de plus ? ».   2. L'aune, divisée en quartiers (v. 92), était une unité de mesure de longueur variable, non seulement suivant la ville, mais aussi selon le lieu de négociation (échoppe, halle ou foire) dans un même endroit, et selon la qualité de l'étoffe. Pathelin veut pouvoir faire deux « *robes* » (vêtements complets, pour homme ou femme, traduit ici par « habit »). Dans les comptes de Charles le Téméraire, huit aunes sont nécessaires pour faire trois robes et, chez un couturier parisien contemporain, huit quartiers (deux aunes) pour une robe de femme. Six aunes sont donc une quantité supérieure à la normale pour confectionner deux robes et un « *chaperon* » (coiffe) : Pathelin compte large, ce qu'observe immédiatement Guillemette (v. 82).

PATHELIN.   90 Je prendrai du gris ou du vert.
                           Pour une coiffe, Guillemette,
                           il me faut trois quarts ou une aune
                           de tissu de laine.

GUILLEMETTE.   Vrai de vrai :
                           Si vous croisez monsieur Lapoire,
                       95 dites-lui bonjour de ma part.

PATHELIN [en s'en allant].
                           Ayez l'œil.

GUILLEMETTE.   Que va-t-il encore
                           inventer ? Dieu, protégez-le !

[Scène 2. Pathelin, le Drapier]

*[Extérieur : au marché. Deux tréteaux avec une table
et au moins six ou sept pièces de tissu posées dessus,
ainsi qu'une mesure de couturier ; deux sièges.
Le Drapier est assis.]*

PATHELIN.   Lui, à la foire ? Non mais, je rêve…
                       Pas de doute, par saint Glandu :
                   100 il s'est fourré dans le tissu[1] !
                       [Au Drapier.]
                       Dieu vous garde !

LE DRAPIER.   Dieu vous donne joie !

PATHELIN.   Dieu me veut du bien : j'avais un
                       si grand désir de vous voir !
                       Comment allez-vous ? Êtes-vous
                   105 en bonne santé, Guillaume[2] ?

_____

   1. L'exclamation de Pathelin suggère une métamorphose du personnage qu'il aperçoit, avec qui il pourrait avoir formé un couple théâtral dans d'autres intrigues.   2. Pathelin identifie le Drapier (tout comme Guillemette, v. 396-397), et réciproquement le Drapier sait à qui il a affaire (« ce trompeur… », v. 341), ce qui explique sa réticence à lui retourner sa salutation de santé, à lui serrer la main (v. 106) et son retard pour l'inviter à

LE DRAPIER.   Oui, par Dieu.

PATHELIN.   Allez, votre main.
[Réticent, le Drapier lui serre la main.]
Comment ça va ?

LE DRAPIER.   Très bien, vraiment,
tout entier à votre service.
Et vous ?

PATHELIN.   Mais, par l'apôtre Pierre,
110 comme qui vous est tout dévoué[1].
Ça marche ici ?

LE DRAPIER.   On se maintient.
Les commerçants, croyez-le bien,
n'en font pas du tout à leur guise.

PATHELIN.   Et les affaires, c'est pour qui ?
115 C'est pas fructueux et juteux ?

LE DRAPIER.   Je vous jure, mon cher monsieur,
je ne sais... Toujours sur la brèche !

PATHELIN.   Ah ! c'était un homme éduqué
que votre père, sainte Mère
120 — que Dieu veuille accueillir son âme ! —,
et quel négociant avisé !
Vous lui ressemblez de visage,
je le jure, comme une image[2] ;

---

s'asseoir (v. 134). La notoriété de l'avocat comme trompeur, proclamée auparavant par Guillemette, se vérifie. « Guillaume » est aussi un nom générique pour désigner un niais ou une dupe.

    1. Pathelin jure volontiers par saint Pierre, son saint patron ; mais c'est aussi celui des apôtres qui a renié trois fois le Christ : une invocation d'autant plus appropriée ici, puisqu'il affirme être « tout dévoué » au Drapier qu'il va tromper.   2. L'avocat commence à se « payer la tête » du Drapier. Après avoir souligné sa ressemblance avec son père, il laisse entendre que c'est aussi bien pour le Drapier lui-même que Dieu pourrait être pris de pitié. Le rappel d'une prétendue amitié entre l'avocat et le père du marchand insinue une différence de génération : Pathelin prend l'ascendant sur le Drapier par l'âge autant que par sa culture et son langage étourdissant (v. 300).

	si Dieu fut jamais saisi
125	de pitié, qu'il pardonne à son âme.

LE DRAPIER.   Amen, par sa grâce, et aussi
               à nous quand il Lui plaira.
                    [Ils se signent tous deux.]

PATHELIN.   Par Nostradamus, il m'avait
               dressé le tableau complet,
130   des événements d'aujourd'hui ;
               j'y ai souvent pensé depuis.
               Il était tenu pour l'un des
               meilleurs...

LE DRAPIER.   Asseyez-vous, cher ami
               — où avais-je la tête ? —, c'est
135   ma façon, ne m'en veuillez pas.

PATHELIN.   N'en faites rien, je suis au mieux.

LE DRAPIER.   Vraiment, faites, je vous en prie.

PATHELIN.   Volontiers.
                    [Il s'assoit.]
                              Vous en entendrez,
               me disait-il, des choses inouïes...
140   Je n'en reviens pas : les oreilles,
               le nez et la bouche et les yeux ;
               jamais fils ne ressembla mieux
               à son père. Le joli menton !
               C'est lui tout craché-tracé[1].
                    [Il fait semblant de buter sur le mot

---

1. L'expression « C'est lui tout craché », pour décrire une ressemblance absolue, trouve son origine dans *Pathelin*. Le texte original du
manuscrit Bigot montre clairement le jeu phonétique entre « craché » et
« tracé » (prononcé « traché ») sur lequel joue l'avocat qui, pour justifier
son écart de langage, décrit aussitôt la pratique du traçage de l'épure sur
paroi (v. 152-154), c'est-à-dire la technique de reproduction d'un modèle
en grandeur nature. Fier de sa trouvaille, il la répétera en en faisant le point
culminant de sa narration à Guillemette (v. 419).

>   *« craché », qu'il rectifie en*
>   *« tracé ».]*

145 Et qui dirait à votre mère
     que vous n'êtes pas de votre père,
     il se chercherait des ennuis.
     Vraiment, je n'imagine pas
     quel néant a pu concevoir
150 deux visages aussi ressemblants :
     tracé-millimétré-moulé !
     Et qui vous aurait dessiné
     et calqué comme modèle
     l'un sur l'autre ? Vous portez le
155 même numéro de série !
     Au fait, cher ami, votre tante,
     la belle Laurence, est-elle morte[1] ?

LE DRAPIER.   Mais non !

PATHELIN.   Je l'ai connue accorte,
     grande, élancée, pleine de grâce...
160 Par la très haute et sainte Face,
     vous lui ressemblez tout autant
     qu'un modèle en copie conforme[2] ;
     par ici, aucune tribu
     n'est si clairement estampillée.
165 Par l'Incarnation, plus je vous vois,
        [Il se retient de rire.]
     là, et plus je vois votre père.
     Quel homme de bonne compagnie,
     un seigneur, et il faisait crédit
     sur pièce à qui le souhaitait.
        [Il rit.]

---

1. La question stupéfie le Drapier, qui s'attend à une demande rituelle :
« ... va-t-elle bien ? » ou « ... est-elle en bonne santé ? » (« *Est elle en bon
hait ?* »). **2.** La ressemblance affirmée du Drapier avec sa « tante » a
été préparée par l'évocation de son menton féminin (« *quel menton four-
ché* », v. 143), et prélude aux allusions ultérieures, dans les pseudo-délires
de Pathelin (v. 818-940), sur les caractéristiques féminines du personnage
de Guillaume.

170 Dieu lui pardonne ! Il riait
    toujours de si bon cœur avec moi.
         [Sérieux.]
    Plût à Dieu que le pire homme
    de ce monde lui ressemblât,
    on ne volerait pas son prochain
175 comme on le voit faire aujourd'hui.
         [D'une main distraite, en palpant le
         premier tissu.]
    Ce tissu est si finement
    tramé, moelleux et doux, bien fait[1].

LE DRAPIER.   Je l'ai fait ourdir en fil 12,
                     de la laine de mes propres bêtes[2].

PATHELIN.   180 Ah ! la bête est dure à la tâche.
                    Vous restez dans le droit sillon
                    du père : vous n'arrêtez pas
                    de travailler, encore et toujours.

LE DRAPIER.   Que voulez-vous ? Il le faut bien :
                185 qui sait ce qui nous attend ?

PATHELIN *[en palpant un deuxième tissu]*.
                    Celui-ci est teint en toison ?
                    Il est solide comme du cuir.

LE DRAPIER.   C'est une laine peignée de Rouen,
                     garantie, et très bien tissée.

---

1. Le premier tissu, dont Pathelin perçoit la qualité au toucher, est
« moelleux et doux » (« *souef et doux* ») et a été fait avec art (« *traitis* ») ;
le deuxième tissu (v. 186-187), solide comme du cuir bouilli (« *fort comme
un cordoen* »), est un « Rouen », teint en toison (« *taint en laine* »), garantie
d'une teinture inaltérable, raison pour laquelle Pathelin s'en entiche par la
couleur (avant v. 205). De même que l'avocat faisait surenchère devant
Guillemette en lui proposant les couleurs de tissu (voir note au v. 76), en
vrai connaisseur, il progresse ici dans la valeur des étoffes pour lesquelles
il marque son intérêt, afin d'appâter le Drapier.   2. L'indication d'une
laine de même origine est un élément garantissant la qualité de la trame
de l'étoffe à l'ourdissage, ce qui nous a conduit à rendre cette idée en
traduisant « *je l'ai fait faire tout faitis* » (v. 178) par « faire ourdir en fil
12 ».

PATHELIN.   190 Vraiment, je me laisse tenter.
                        Je n'avais pas l'intention
                        d'acheter du tissu. Par le
                        saint Ciel, quand je suis venu,
                        j'avais mis quatre-vingts écus
                   195 de côté[1]...

LE DRAPIER.   — Des écus ! ?

PATHELIN *[négligemment]*.

                        Oui, des écus d'or[2] —
                             [Continuant d'examiner le tissu.]
                             ... pour racheter une rente[3],
                        mais vous en aurez vingt ou trente,
                        car c'est trop beau...

LE DRAPIER.   — Se pourrait-il que ceux dont vous
                   (200) voulez racheter cette rente
                        se contentent de pièces d'argent ?

PATHELIN.   Oui, si tel est mon bon vouloir.

---

1. Les manuscrits, ainsi que la tradition imprimée, contiennent en trois répliques la matière du dialogue compris entre les vers 190-207 : elles étaient destinées à être fragmentées dans le jeu selon une segmentation préservée par la ponctuation du manuscrit Bigot, et que nous avons restituée ici en cinq répliques (voir Introduction, p. 12). De ce fait, la traduction étant ici plus longue, les vers n'ont pas été numérotés afin de ne pas décaler la référence avec l'ensemble du texte de l'original ; l'indication (200) indique la place du même vers dans l'édition du manuscrit Bigot.   2. La cupidité du Drapier, attisée par la perspective d'un paiement en « écus d'or », et non en « pièces d'argent » (« *monnoye* »), apparaît ici : c'est la thématique de ce personnage, finement élaborée en filigrane dans la transaction finale (v. 225-295) selon les canons de l'exégèse médiévale de l'Avarice (voir Introduction, p. 8-9). La référence à l'or reviendra en miroir dans la deuxième partie, avec la promesse du Berger de payer Pathelin en « *bel or* » (éd. v. 1151).   3. Aux XIVe et XVe siècles, un circuit de crédit par des placements-rentes engage entre elles un grand nombre de personnes économiquement actives. Le taux courant d'une rente était le denier dix (10 %). Le *rachat* d'une rente de quatre-vingts écus signifie que Pathelin (ou un de ses parents) aurait reçu auparavant un capital équivalent (en ayant *vendu* une rente), pour lequel il aurait versé, chaque année, une rente de huit écus, l'équivalent d'un modeste viatique pour six mois.

Que m'importe quant au paiement[1] ! —
       [Examinant toujours le même tissu.]
             ... la couleur
me plaît tant que ça me fait mal.
       [Brusquement, il fait mine de
       découvrir l'étoffe la plus luxueuse de
       l'étal.]
       Quel est ce tissu ?… Vraiment,
205 plus je le vois, plus il me tente.
Il m'en faut vite une tunique,
et de même pour ma femme.

LE DRAPIER.   Certes, ce tissu est très cher.
Vous en prendrez si vous voulez,
210 mais vous arriverez très vite
à dix ou vingt francs[2].

PATHELIN.   Pas de souci :
j'ai encore un bas de laine
dont nul n'a jamais vu la couleur.

LE DRAPIER.   De par votre saint tutélaire,
215 cela n'est pas pour me déplaire.

PATHELIN *[après avoir bien examiné le tissu]*.
       C'est bien celui-ci qui me plaît.
Bref, il m'en faut un coupon.

LE DRAPIER.   Bien.
D'abord, il faut considérer
combien vous en est nécessaire.
220 Tout ce qu'il y a dans la pièce
est à votre disposition,

---

1. Toutes les répliques de Pathelin à propos de son paiement sont à double sens : le moyen de paiement lui est vraiment indifférent, puisqu'il n'a pas un sou.   2. Dans les transactions, les prix sont tantôt exprimés en monnaie de compte, tantôt en monnaie réelle (espèces), suivant qu'il est fait référence à une valeur ou à son mode de paiement effectif. Le franc, une monnaie d'or au XIVe siècle, est devenu un terme alternatif pour une livre tournois, monnaie de compte qui vaut 20 sous, ou une livre parisis (16 sous).

même si vous n'aviez rien sur vous[1].

PATHELIN.   Je le sais bien, je vous en prie.
                   [Subitement, après avoir laissé le
                   Drapier espérer la vente de son tissu
                   le plus cher, il renonce par une
                   simple moue négative et attend une
                   proposition du Drapier, car ce sera le
                   signe qu'il poursuit l'initiative
                   amorcée et qu'il est « ferré » comme
                   un poisson à l'hameçon.]

LE DRAPIER *[lui présentant un quatrième tissu].*
                   Voulez-vous plutôt celui-ci ?

PATHELIN *[après une visible hésitation].*
           225 Pour une aune, quel est votre
               dernier prix ?
                   [Sans attendre la réponse.]
                           Dieu sera
               payé le premier, comme il se doit :
               voici un denier ; ne faisons
               rien où Il ne soit présent[2].

LE DRAPIER.   230 Par Dieu, vous parlez en honnête
                  homme, et je m'en réjouis.
                  Voulez-vous mon prix ferme ?

PATHELIN.   Oui.

---

1. Le tissu discuté étant d'un coût particulièrement élevé, il est possible que Pathelin (ou tout autre client) n'ait pas sur lui de quoi le payer : c'est pourquoi le Drapier anticipe ce fait ; cette anticipation est une étape nécessaire dans le stratagème de l'avocat, car elle conduit le Drapier à proposer lui-même du tissu à crédit, une ouverture qui le lie dans la négociation et sur laquelle il ne pourra plus revenir. **2.** C'est le clou de la manœuvre : en donnant au Drapier le « denier à Dieu », avant même de savoir le prix du tissu, Pathelin s'engage à l'acheter. Ce faisant, il ouvre la voie à la cupidité du Drapier qui peut imposer un prix supérieur à la valeur de la marchandise. L'avocat dévoile ultérieurement ce point capital à Guillemette, quand, incrédule, elle lui demande « Mais comment avez-vous pu l'avoir… ? » ; à quoi il répond : « En donnant le denier à Dieu » (v. 386).

LE DRAPIER.	Chaque aune vous coûtera vingt-quatre sous.
PATHELIN.	Vous plaisantez !

235 Vingt-quatre sous ? Cornedebouc !

LE DRAPIER.	C'est ce qu'il coûte, sur ma tête ! Tel est son prix, si vous le voulez !
PATHELIN.	C'est trop !
LE DRAPIER.	Ah ! vous ne savez pas comme le tissu a monté :

240 presque tout le bétail est mort
cet hiver, pendant le grand froid.

PATHELIN.	Vingt sous ! Vingt sous !
LE DRAPIER.	Et je vous jure que j'en aurai ce que je dis. Attendez samedi[1], vous en

245 verrez le prix : la toison,
dont on avait en quantité,
me coûta, à la Sainte-Madeleine,
huit blancs[2] ; et avant, je la payais
quatre, par le saint Calice.

PATHELIN.	250 Par la lie du calice, je ne discute pas ! Ma décision est prise : mesurez.
LE DRAPIER.	Dites-moi : combien vous en faut-il prendre ?
PATHELIN.	C'est facile de le savoir.

255 Quelle largeur a-t-il ?

LE DRAPIER.	Double[3].

---

1. Samedi est jour de marché ; Guillemette y fera également référence plus tard quand elle rappellera à Pathelin : « *souviengne vous du samedi,/pour Dieu, qu'on vous piloria* » (v. 478-479).   2. Il s'agit de « grands blancs », ou pièces d'argent (« *monnoye* »), de valeur variable (entre 5 et 11 deniers, 12 deniers faisant 1 sou).   3. Le texte original donne « *Lé de Brucelle* », c'est-à-dire une étoffe cardée de largeur variable

PATHELIN.		Pour moi, trois aunes ; et pour elle — elle est grande —, deux et demie ; ça fait six aunes, n'est-ce pas ? Mais non, voyons, que je suis bête[1]...
LE DRAPIER.	260	Il ne manque qu'une demi-aune pour en faire exactement six.
PATHELIN.		Alors j'en prendrai six tout rond, car il me faut aussi une coiffe.
LE DRAPIER.		Tenez. Nous les mesurerons. *[Il prend sa mesure et Pathelin tient la pièce.]*
	265	Elles y sont très certainement : et une ; et deux ; et trois ; et quatre ; et cinq ; et six.
PATHELIN.		Sainte Ratiboise est passée par là[2] !

suivant le nombre de fils de chaîne, mais plutôt de grande largeur (Dominique Cardon, *La Draperie au Moyen Âge*, Paris, CNRS Éditions, 1999, p. 532, cite une étoffe cardée de Bruxelles de 2,32 m). Dans ce contexte, il s'agit probablement aussi d'une précision indirecte sur la qualité du tissu proposé, qui, pour une même origine, pouvait baisser avec l'augmentation de la largeur de la trame ; cela préciserait ainsi la nature de la tromperie sur la qualité, avouée plus tard par le Drapier (v. 342-343).

1. L'achat d'un tissu pour une paire de « *robes* » (voir note au v. 82), dans ce contexte, est une transaction très importante. Dans les comptes d'un marchand de drap carcassonnais, par exemple, la vente d'un tissu pour une robe rapporte autant que celle d'une vingtaine de chausses. L'importance de cet achat explique un peu plus le succès de Pathelin face à l'évidente méfiance du marchand. Avec une finesse rusée, l'avocat retarde autant que possible le moment de donner l'information essentielle : la quantité de tissu dont il a besoin. Le Drapier s'en est déjà enquis, sur le mode indirect (« *Il fault doncq adviser combien/il vous en fault premierement* », v. 218-219), sans obtenir de réponse. Il le lui redemande, directement cette fois – « *Et je vous demande :/combien vous en fault il avoir ?* » (v. 252-253) –, mais Pathelin répond par une question (v. 255), avant de faire le niais (v. 258), pour continuer à laisser l'initiative au Drapier (v. 260).
2. En se récriant ainsi (texte original : « *Ventre saint-Pierre, si ric à ric ?* »), Pathelin met en doute le bon mesurage du Drapier. Il y avait de multiples manières de mesurer le drap à la coupe, certaines incluant ou non, par exemple, la largeur du pouce dans le repli des mesures.

LE DRAPIER.   Si vous voulez,
                    nous les remesurerons.

PATHELIN.   270 Non, par Dieu, ça va comme ça.
                    Si j'en crois les saints auvergnats,
                    ce qui est perdu au levant,
                    on le gagnera au couchant.

LE DRAPIER.   Vous parlez d'or.

PATHELIN.   Combien le tout ?

LE DRAPIER.   Voyons voir :
                    (275) à vingt-quatre sous l'aune[1],
                    les six font neuf francs[2].

PATHELIN.   Et pas de rabais ? — Quelle arnaque ! —
                    Ce sont donc six écus[3].

LE DRAPIER.   Exact.

PATHELIN.   Cher ami, voudriez-vous m'en faire
                    crédit jusqu'à ce que vous veniez...
                        [Au mot « crédit », le Drapier se
                        crispe.]
                    280 ... pas « faire crédit », les prendre,
                    chez moi, en or ou autres espèces.

LE DRAPIER *[après un long silence].*
                    Par saint Pierre, cela me
                    dérangerait beaucoup d'aller là.

PATHELIN.   Hé ! hé ! depuis un bon moment
                    285 le Saint-Esprit vous inspire
                    et vous ne croyez pas si bien

---

1. Ce passage comporte une amorce de vers surnuméraire dans l'original que nous n'avons pas intégrée à la numérotation de l'édition.   2. Le prix de vente est ici compté en francs/livres parisis à 16 sous (144 sous ÷ 16 = 9 francs).   3. La valeur en monnaie de compte est aussitôt traduite en monnaie réelle, des écus d'or à 24 sous. Les monnaies d'or étaient moins sujettes que celles d'argent à la dévalorisation, d'où l'intérêt du paiement en écus, miroir de la cupidité du Drapier.

	dire ; c'est le mot : dérangé.
	C'est bien cela : tous les prétextes
	sont bons pour ne jamais venir
290	boire mon vin en ma maison.
	Mais cette fois, vous y boirez.

LE DRAPIER.

Par ma foi, je ne fais déjà
guère autre chose que d'avaler...
J'irai. Mais j'ai tort, vous savez,
295 de faire crédit au premier client[1].

PATHELIN.

Ne suffit-il que votre compte
soit ainsi réglé... en bon or ?
En plus, vous aurez... un pigeon[2],
par Dieu, que ma femme rôtit[3].

LE DRAPIER.   300   — Il me rend complètement fou ! —
Allez-y. Je viendrai plus tard
et l'apporterai.

PATHELIN *[en prenant le tissu].*   Il ne me gêne
absolument pas sous mon bras.

LE DRAPIER.

Ne vous dérangez pas pour ça :
[il vaut mieux, et c'est plus facile,
que je l'apporte.

PATHELIN.

Que le malheur
frappe à la Sainte-Madeleine[4]

---

1. La première vente (« *a l'estraine* ») augurait de la suite de la journée : elle ne devait donc pas comporter d'aspect potentiellement défavo-
rable. La marchande de *La Farce de la Trippière*, pour attirer un premier
client, propose de partager avec lui son bénéfice : « *Je vous jure saincte
Helene que qui le premier m'estrenera, de mon propre gaing il aura.* »
2. Le texte original, « *et si mangerez de mon oie* », est à double sens et
signifie aussi « et vous serez trompé » ; Pathelin reprendra la même expression quand il rapportera son escroquerie à Guillemette (éd. v. 453), et à la
fin de la pièce, quand il se découvrira victime du Berger (éd. v. 1601).
3. Bel exemple d'un procédé que l'on a appelé plus tard « janotisme », du
nom d'un type comique du XVIIIe siècle qui s'exprimait avec de telles
constructions équivoques.   4. L'invocation d'un événement néfaste pour
la Sainte-Madeleine est une allusion à peine voilée à ce qu'a dit le Drapier
sur l'achat de sa laine à cette même date (v. 247).

si c'est vous qui vous en chargez !
C'est décidé : sous le bras, ça
m'arrondira bien la poitrine !]¹

*[Le Drapier tente vainement de
remettre la main sur la pièce de
tissu.]*

305 — Ça marche comme sur des
                      [roulettes ! —
Vous serez à la fête, promis,
avant que vous vous en alliez.

LE DRAPIER.   Je vous prie que vous me donniez
mon argent dès que j'y serai.

PATHELIN.   310 Bien sûr, je ne le ferai pas…
que vous n'ayez pris votre repas.
Heureusement, monsieur, que je
n'ai pas sur moi de quoi payer :
comme ça vous viendrez goûter

315 mon bon vin. Ah, feu votre père
me hélait, en passant : « Ho, l'ami !
quoi de neuf ? » ou : « Que fais-tu ? »
Mais les pauvres, pour vous les riches,
c'est une paille, ça ne vaut rien.

LE DRAPIER.   320 Or, par mon sang, c'est bien nous
les plus pauvres !

PATHELIN.   À d'autres ! Adieu,
rendez-vous chez moi, tout à l'heure,
et, pour sûr, vous allez trinquer.

LE DRAPIER.   D'accord. Allez, et n'oubliez pas
325 mon or.

PATHELIN *en s'en allant.*
                    De l'or ? Et quoi encore ?
Ce serait une grande première !
De l'or ? Non, ou qu'il soit pendu !

---

1. Ces vers, absents du texte du manuscrit Bigot, ont été ajoutés d'après
l'imprimé Levet.

Son tissu, il ne me l'a pas
vendu à mon prix mais au sien,
330 il sera donc payé au mien.
Il veut de l'or ? J'ai la recette.
Plût au Ciel qu'il ne fît que courir
sans arrêt avant d'être payé,
il ferait au moins le trajet
335 de la lune à Pampelune !

LE DRAPIER.   Bien malin qui mettrait la main
sur les écus qu'il me donnera,
car ils seront en sûreté.
          À plus roué client,
340   trop plus rusé marchand.
Ce trompeur-là est si niais
qu'il a pris à vingt-quatre sous
du tissu qui n'en vaut pas vingt[1].

[Scène 3. Pathelin, Guillemette]

[Intérieur : chez Pathelin.]

PATHELIN.   Alors, Guillemette, qu'est devenue
345 votre vieille tunique ?

GUILLEMETTE.   Est-ce bien utile de le dire ?
Que voulez-vous en faire ?

PATHELIN.   Rien, rien !
          [Il exhibe le tissu.]
Qu'est-ce que vous en dites, hein ?
C'est pas du tissu, ça ?

GUILLEMETTE.   Jésus !
350 Que le ciel me tombe dessus !
Par quel subterfuge nous vient-il ?

---

1. Seul exemple de juxtaposition de monologues dans la pièce, le pro-cédé met en relief la tension entre les deux personnages : qui aura le des-sus dans ce marché de dupes ? (Voir introduction, p. 9.)

Et qu'est-ce qui nous arrive ?
Mon Dieu ! Et qui le paiera ?

PATHELIN.
Vous voulez vraiment savoir qui ?
355 Mais qui l'a payé, vérité vraie !
Le quidam qui me l'a vendu,
belle amie, n'a plus de souci
à se faire : il peut être pendu
s'il n'est refait de la tête aux pieds :
360 Le marchand — cette crapule —
a eu son compte comptant.

GUILLEMETTE.
                                                Combien
ça coûte ?

PATHELIN.
                        Tant que je n'en dois rien.
C'est payé, ne vous inquiétez pas.

GUILLEMETTE.
Vous n'aviez pas le moindre sou.
365 C'est payé ? avec quel argent ?

PATHELIN.
Mais si, ma très chère, j'avais
un parisis[1], c'est quelque chose.

GUILLEMETTE.
C'est cela, oui : vous l'avez eu
en signant une traite ou
370 une reconnaissance de dette,
et quand tombera l'échéance,
on vendra, on mettra en gage.
Le peu restant sera saisi.

PATHELIN.
Par le saint Graal, il n'a coûté
375 qu'un petit denier, et c'est tout.

GUILLEMETTE.
Jésus, Marie, Anne et Joseph !
Qu'un parisis ? C'est impossible.

PATHELIN.
Vous pouvez m'arracher les yeux
s'il en obtient un sou de plus :
380 je suis bien plus malin que lui.

---

1. Le « parisis », petite pièce d'argent d'une valeur de un denier, est le « denier à Dieu » donné par Pathelin au Drapier pour sceller son engagement d'achat (v. 228).

GUILLEMETTE.   C'est qui, lui ?

PATHELIN.   Votre monsieur Lapoire
                      s'appelle pour de vrai Jouceaulme,
                      si vous tenez à le savoir.

GUILLEMETTE.   Mais comment avez-vous pu l'avoir
                  385 pour un denier, et à quel jeu ?

PATHELIN.   En donnant le denier à Dieu.
                      Et encore, si j'avais dit
                      « Tope là ! », par ces seuls mots
                      mon denier me serait resté.
                  390 Là, c'est un vrai travail d'artiste.
                      Qu'ils le partagent, lui et Dieu,
                      ce denier-là, si bon leur semble,
                      car ils n'en obtiendront rien d'autre.
                      Ils pourront piauler tant qu'ils veulent,
                  395 ma belle voix les couvrira.

GUILLEMETTE.   Comment a-t-il pu lâcher son
                      tissu ? il est dur à la détente !

PATHELIN.   Par la plus sainte vérité,
                      je l'ai tant séduit et flatté
                  400 qu'il me l'a presque donné.
                      D'abord, je l'ai entrepris
                      sur son père... « Dieu, ai-je dit,
                      quelle bonne famille que la
                      vôtre ! Votre lignage est le
                  405 meilleur de toute la région. »
                      Mais que le diable m'emporte
                      si cette chienne de roture
                      n'est issue du pire élevage
                      qui soit en tout le royaume.
                  410 « Dieu, fais-je, mon ami Guillaume,
                      comme vous ressemblez beaucoup,
                      physiquement, à votre père ! »
                      Dieu sait si je le brocardais,
                      sans cesser de l'embobiner
                  415 au sujet de ses chers tissus.

« Dieu, ajoutais-je, vérité
vraie, comme il faisait volontiers
crédit sur sa marchandise !
Vous êtes son portrait tout *craché* ! »
420 Mais on aurait pu arracher
les dents de son babouin de père,
ou de ce sagouin de fils,
avant qu'ils ne disent un mot aimable
ou qu'ils ne donnent ceci.

> *[Il fait claquer l'ongle de son pouce
> sur ses dents.]*

425 Mais il en a tant entendu
qu'il m'en a vraiment avancé
six aunes.

GUILLEMETTE.   Vrai ? à rendre quand ?

PATHELIN.   Ne vous posez pas de questions.
Rendre ? Nous lui rendrons le diable.

GUILLEMETTE. 430 Je me souviens de la fable
d'un corbeau qui était perché
sur une croix de cinq à six
toises[1] de haut, qui tenait
en son bec un fromage. Là, vient
435 un renard qui vit ce fromage.
« Hé, Dieu, fit-il, comment l'aurais-je ? »
Alors se mit sous le corbeau
en disant : « Tant a le corps beau
et le chant plein de mélodie ! »
440 Le corbeau, par sa bêtise,
entendant ainsi son chant vanté,
ouvrit le bec pour chanter,
et son fromage tomba à terre.
Et maître Renard l'attrape
445 à bonnes dents et puis l'emporte.
Ainsi en est-il, j'en suis témoin,
de ce tissu : vous l'avez pris

---

1. Unité de mesure qui équivaut à environ 2 mètres.

au piège par les mots
en usant avec lui de beau langage
450 comme fit Renard du fromage[1].
Vous l'avez eu par son point faible.

PATHELIN.   Notre pigeon va arriver[2],
et voici ce que nous ferons.
Très vite, il viendra gueuler
455 pour son argent, j'en suis sûr.
Mais j'ai anticipé le coup :
je vais m'allonger sur mon lit,
comme si j'étais malade, et,
quand il viendra, vous direz :
460 « Chut, parlez bas ! », la larme à l'œil,
en tirant la tête la plus triste.
« Hélas, ferez-vous, il est mal
depuis plus d'un mois, environ. »
Et s'il vous répond : « Balivernes,
465 j'étais avec lui à l'instant »,
« Hélas, ce n'est pas le moment,
ferez-vous, de plaisanter »,
et le laisserez à mon pipeau,
car il n'aura droit à rien d'autre.

GUILLEMETTE. 470 Sans difficulté : je n'ai plus
que mes deux yeux pour pleurer.
Mais si vous récidivez et que
la justice vous tombe dessus,
je crains que vous en preniez pour
475 plus du double de l'autre fois.

PATHELIN.   Suffit ! Je sais ce que je fais,
et nous n'avons pas d'autre choix.

GUILLEMETTE.   Souvenez-vous du samedi
où l'on vous mit au pilori[3] :

---

1. La fable latine du corbeau et le renard de Phèdre a été traduite et
adaptée tout au long du Moyen Âge, notamment par Marie de France dans
les *Isopets*, et dans le *Roman de Renart*.   2. Texte original : « Il doit venir
manger de l'oie » (voir note au v. 298).   3. La condamnation au pilori
entraînait l'exposition publique, sur une place centrale, la tête (parfois avec

480 tout le monde vous houspilla
à cause de votre tromperie.

PATHELIN.   Allons, cessez de rabâcher.
Il viendra d'un moment à l'autre
et ce tissu doit nous rester.
485 Je vais m'allonger.

GUILLEMETTE.   Allez donc !

PATHELIN.   Et ne riez pas !

GUILLEMETTE.   Aucun risque :
je pleurerai à chaudes larmes.

PATHELIN.   Il faut garder son sérieux pour
qu'il ne s'aperçoive de rien.

[Scène 4. Le Drapier, Guillemette, Pathelin]

*[À la foire, puis chez Pathelin : un lit dépliant ou un fauteuil
roulant, en plus des deux sièges.]*

LE DRAPIER.   490 Il est grand temps de boire un verre
et de m'en aller. Ah ! mais non,
par saint Aliéné, je dois boire
et manger un pigeon rôti
chez maître Pierre Pathelin ;
495 et j'y toucherai mon argent.
Qu'est-ce que je vais récolter,
et en plus, sans rien dépenser !
Pas de client en vue ; j'y vais.
          [Il va chez Pathelin.]
Ho, maître Pierre !

GUILLEMETTE.   Hélas ! monsieur...
          [En se penchant.]
500 ... si vous avez quelque chose à dire,
parlez plus bas.

---

une mitre de papier) dans un carcan, avec l'affichage des attendus du jugement. Samedi est jour de marché, donc de la plus grande affluence.

LE DRAPIER.   Bonjour, madame.

GUILLEMETTE *[en se penchant un peu plus].*
                    Plus bas !

LE DRAPIER *[en suivant le mouvement].*
                              … Que quoi ?

GUILLEMETTE.   – N'importe quoi !

LE DRAPIER.   Où est-il ?

GUILLEMETTE.   Là où il doit être !

LE DRAPIER.   Mais qui ?

GUILLEMETTE.   – Ce n'est pas clair ! – Mon maître,
          505 [où est-il ?] Dieu dans sa grâce
                le sache ! Il a gardé la place
                où il est — un vrai supplicié —
                presque trois mois, sans en bouger.

LE DRAPIER.   Qui ça ?

GUILLEMETTE.   Pardonnez-moi, je n'ose
          510 parler fort ; je crois qu'il a dû
                s'endormir, car il est couché.
                Le malheureux est au bout du
                rouleau !

LE DRAPIER.   Quel malheureux ?

GUILLEMETTE.   Mais maître Pierre !

LE DRAPIER.   Quoi ? N'est-il pas juste venu
          515 chercher six aunes de tissu ?

GUILLEMETTE.   Qui ? lui ?

LE DRAPIER.   Il en vient à l'instant,
                il n'y a pas même un quart d'heure.
                Donnez-moi mon argent — vraiment
                je m'attarde trop — , et trêve de
          520 sérénade !

GUILLEMETTE.   Trêve de rigolade !
– C'est bien le moment de rigoler ! –

LE DRAPIER.   Mon argent ! Pouvez-vous comprendre ?
Il me faut neuf francs.

GUILLEMETTE.   Hélas, monsieur,
personne n'a envie de rire
525 comme vous, ni de se moquer.

LE DRAPIER.   S'il vous plaît, trêve de sérénade,
soyez aimable : faites-le venir.
     [Il crie.]
Maître Pierre !

GUILLEMETTE.   Que le ciel
vous tombe tout de suite dessus !

LE DRAPIER.   530 N'est-ce pas ici le domicile
de maître Pierre Pathelin ?

GUILLEMETTE.   Oui. Et que l'enfer, sans ses bonnes
intentions, monsieur, vous accueille !
Parlez bas !

LE DRAPIER.   Le diable s'en mêle !
535 Et n'oserais-je réclamer ?

GUILLEMETTE.   Que je meure si vous ne voulez
le réveiller. Plus bas, vous dis-je.

LE DRAPIER *[en s'esclaffant].*
Plus bas qu'au creux de l'oreille,
que terre ou que la fosse à purin ?

GUILLEMETTE. 540 Mon Dieu, quel affreux bavard !
Vous ne respectez vraiment rien.

LE DRAPIER.   Que le diable y mette du sien
si vous voulez me faire taire !
Payez-moi sans faire d'histoires,
545 car ce n'est vraiment pas mon genre.
Maître Pierre, c'est vrai, a pris
six aunes de mon drap.

GUILLEMETTE.   Pris quoi ! ?
Ah ! monsieur, qu'il soit pris, celui
qui ment. Il est dans de tels draps
550 qu'il n'a pas quitté son lit depuis
six semaines, le malheureux.
Quelles sornettes venez-vous
nous servir ? Est-ce convenable ?
Sortez de chez moi sur-le-champ :
555 j'en ai assez de vos histoires.

LE DRAPIER.   Vous vouliez que je parle
doucement : par la sainte Autorité,
vous criez !

GUILLEMETTE.   C'est vous, sur ma tête,
qui ne faites que des histoires !

LE DRAPIER.   560 S'il vous plaît, pour que je m'en aille,
donnez-moi...

GUILLEMETTE.   Parlez bas ! D'accord ?

LE DRAPIER.   Mais vous-même le réveillerez :
vous parlez quatre fois plus fort
que moi, par le saint Calice.
565 Je vous demande qu'on me règle.

GUILLEMETTE.   C'est de la folie ! Êtes-vous ivre
ou fêlé ? Saint Pierre, à l'aide !

LE DRAPIER.   Ivre ? Que saint Pierre vous
entende. Quelle bonne question !

GUILLEMETTE. 570 Plus bas !

LE DRAPIER.   — Plutôt vaincre un dragon ! —
Je vous demande six aunes
de tissu, madame.

GUILLEMETTE.   On vous les tisse !
À qui les avez-vous données ?

LE DRAPIER.   À lui.

GUILLEMETTE.   Il a bien besoin de tissu :

575 il n'a plus aucune raison
de se faire faire un costume,
si ce n'est en sapin ; et il
ne bouge plus : s'il sort d'ici,
ce sera les pieds devant.

LE DRAPIER.   580 Alors, c'est depuis ce matin,
car je lui ai parlé, vraiment.

GUILLEMETTE.   Votre voix porte tellement :
parlez plus bas, je vous supplie.

LE DRAPIER.   Mais c'est vous, je le jure ici,
585 vous-même, crénom d'un chien.
Par le Calice de Souffrance,
qu'il me paye, je m'en irai.
Chaque fois que j'ai fait crédit,
par saint Quibus, on m'a payé !

PATHELIN *[dans un bain imaginaire].*
590 Guillemette, un peu de parfum.
Remonte-moi, cale-moi derrière.
Vite — qui va là ? — le flacon,
le verre. Masse-moi le pied.

LE DRAPIER.   Je l'entends.

GUILLEMETTE.   Vraiment ?

PATHELIN.   Vieille garce,
595 viens ici ! Ferme la fenêtre :
ça pue la mort. Couvre-moi,
et vire de là ces croquemorts.
[En direction du Drapier.]
Abra… – Disparais ! – … cadabra !
Laissez-les donc venir à moi…

GUILLEMETTE. 600 Comme vous êtes agité !
Est-ce que vous me reconnaissez ?

PATHELIN *[humant l'air].*
Ne vois-tu pas ce que je sens ?

[Guillemette regarde autour d'elle.]
Je vois un homme noir qui vole !
[À Guillemette.]
Exorciste, sus au matou !
605 Attrape-le : il a les crocs !

GUILLEMETTE.   C'est quoi, ça ? N'avez-vous pas honte
de vous démener de la sorte ?

PATHELIN.   Ces médecins m'ont achevé
avec la potion qu'ils m'ont fait boire.
610 Mais il faut leur faire crédit,
car ils savent y faire avec nous.

GUILLEMETTE *[au Drapier]*.
Vous pouvez venir, cher monsieur ;
à ce stade, il peut tout supporter.

LE DRAPIER.   Mon œil ! Il fait le malade
615 depuis son retour de la foire.

GUILLEMETTE.   De la foire ?

LE DRAPIER.   Et comment je le
crois, par la sainte Vérité !
[À Pathelin.]
Le tissu que je vous ai fourni,
il m'en faut l'argent, maître Pierre !

PATHELIN.   620 Docteur Schnock, enfin ! J'ai chié
trois petites crottes toutes noires,
rondes et dures comme de la pierre.
Dois-je prendre un autre lavement ?

LE DRAPIER.   Et qu'est-ce que cela me chante ?
625 Il me faut neuf francs ou six écus.

PATHELIN.   Ces ogives noires et pointues,
vous les appelez « suppositoires » ?
Je me suis cassé les mâchoires
dessus, Schnock, et j'ai tout rendu.
630 Par pitié, ne m'en donnez plus :
pouah, à l'anis, que c'est amer !

LE DRAPIER.　　　Non. Sur la tête de ma mère,
　　　mes six écus ne sont pas rendus.

GUILLEMETTE.　　　Que l'on évacue les gens
635　　　qui sont de tels parasites !
　　　Dehors ! Ouste, dégagez,
　　　puisque la prière n'y fait rien.

LE DRAPIER.　　　Par le Dieu qui me fit naître,
　　　j'aurai mon tissu ou mon argent
640　　　avant que je meure.

PATHELIN.　　　　　　　　　Et mon urine,
　　　vous dit-elle pas que je sois mourant ?
　　　Dans l'épreuve, Seigneur, je vous
　　　supplie de ne pas m'abandonner.

GUILLEMETTE.　　　Allez-vous-en ! N'est-ce pas un
645　　　péché de l'abrutir ainsi ?

LE DRAPIER.　　　Je prends Dieu à témoin, madame :
　　　dites-moi maintenant si votre
　　　religion admet que mes six
　　　aunes de tissu, je les perde.

PATHELIN.　　650　　Si vous pouviez ramollir ma merde,
　　　docteur Schnock... Elle est si dure
　　　que cela dépasse tout
　　　quand elle me sort du fondement.

LE DRAPIER.　　　Ça me sort de l'entendement !
655　　　Il me faut neuf francs illico.

GUILLEMETTE.　　　Hélas, vous êtes dur avec lui
　　　et vous le persécutez tant !
　　　Vous voyez clairement qu'il vous
　　　prend pour un médecin.
660　　　Comme si ce malheureux
　　　n'avait pas assez subi :
　　　il a passé trois mois ici,
　　　le pauvre, sans discontinuer.

LE DRAPIER.　　　Sur ma tête, je ne comprends

665 pas comment cela s'est passé,
mais il est venu aujourd'hui
à la foire, il me semble, et
nous avons négocié tous deux ;
ou alors je n'y comprends rien.

GUILLEMETTE. 670 Sur ma tête, mon cher monsieur,
votre mémoire vous abuse.
Pour sûr, faites-moi confiance
et allez vous reposer un peu,
car beaucoup de gens pourraient
675 jaser que vous venez pour moi.
Sortez : les médecins seront
tout de suite ici, et je ne
tiens pas à ce qu'on pense à mal,
car pour moi je n'y pense pas.

LE DRAPIER. 680 Inouï ! En suis-je réduit à ça ?
Et moi qui croyais boire un coup !
Au fait… et ce pigeon rôti ?

GUILLEMETTE.   Que ne faut-il pas entendre !
Drôle de diète pour un malade,
685 monsieur ; mangez votre pigeon
sans nous sortir vos salades.
Vous ne manquez pas de culot.

LE DRAPIER.   Je vous en prie, ne le prenez
pas mal, car je croyais vraiment...
690 Crénom d'un chien !... et pourtant...
Et puis zut : allez-y savoir !
      [Il s'en va.]
Je sais bien que je dois avoir
six aunes, en une seule pièce,
mais cette femme me tourne
695 complètement en bourrique.
Il les a. Impossible autrement.
Non, impossible : il est à
l'article de la mort ; ou alors
il simule vraiment très bien.
700 C'est lui ! Il les a bel et bien

prises et mises sous son bras.
Non, par la Vierge mère, ça
ne tient pas. Que m'arrive-t-il ?
Je ne donne pas mon tissu
705 à mon insu, je l'aurais su.
Et je n'en aurais fait crédit
à quiconque, même s'il insistait.
Par le saint Calice, il les a.
Par la sainte Souffrance, non,
710 impossible ! Pourquoi reviens-je !?
Il les a ! Par le sang de la Vierge,
que l'univers engloutisse
qui sait ou qui pourrait dire
qui a le meilleur ou le pire
715 entre eux et moi ! Je suis perdu.

[Scène 5. Pathelin, Guillemette, le Drapier]

PATHELIN.   Est-il parti ?

GUILLEMETTE.   Silence, j'écoute.
Je ne sais pas ce qu'il marmonne,
mais il fulmine si fort qu'il
va probablement exploser.

PATHELIN.   720 Est-ce que je peux me lever ?
À quelle vitesse a-t-il débarqué !

GUILLEMETTE.   Je ne sais pas s'il reviendra ;
il vaut mieux ne pas bouger.
Notre affaire tomberait à l'eau
725 s'il vous découvrait debout.

PATHELIN.   Comme un blanc-bec, il s'est laissé
prendre, lui qui est si méfiant ;
il est si gonflé de lui-même
qu'il a tout gobé comme pain bénit.

GUILLEMETTE. 730 Jamais un tel radin ne fut
si bien puni : il est si avare
qu'il ne ferait pas l'ombre d'un liard

d'aumône au plus démuni...
[Elle est prise de fou rire.]

PATHELIN.   Ne riez pas, ou les ennuis sont là :
735 je suis certain qu'il reviendra.

GUILLEMETTE.   Sur ma tête, se retienne
qui voudra, moi je ne peux pas.

LE DRAPIER *[devant son étal].*
Par la sainte Lumière, quoi
qu'on en dise, je retournerai
740 chez cet avocat d'eau douce.
Tu parles d'un rachat de rentes
que ses parents ou sa famille
auraient vendues ! Par saint Pierre,
il l'a eu, mon tissu, le trompeur :
745 je le lui donnai ici même !

GUILLEMETTE *[riant toujours].*
Quand je pense à la tête
qu'il faisait en vous regardant,
je ris. Il demandait avec
tant d'ardeur...

PATHELIN.   Mais silence, idiote !
750 Cornedebouc ! Rendez-vous compte :
si jamais l'on vous entendait,
autant nous vaudrait déguerpir,
car il ne lâche pas sa proie !

LE DRAPIER *[retournant chez Pathelin].*
Cet avocaillon de croisière,
755 ce petit plaideur au rabais,
prend-il les gens pour des naïfs ?
Ce gibier de potence, pardieu,
est né sous sa propre corde !
Il l'a, mon tissu, nom d'un chien.
760 Pense-t-il me berner ainsi ?

[Il crie.]
Holà ! avez-vous disparu ?

GUILLEMETTE. Sur la tête de ma mère, il m'a
entendue. Il semble enragé.

PATHELIN. Je ferai semblant de délirer.
765 Allez-y.

GUILLEMETTE *[va vers le Drapier]*.
Comme vous criez !

LE DRAPIER. Sacredieu, et vous en riez !
Mon argent !

GUILLEMETTE. Sainte Vérité,
De quoi croyez-vous que je rie ?
Personne n'est moins à la fête
770 que moi. Il meurt. On n'a jamais
entendu un tel tohu-bohu.
Il est parti en plein délire :
il rêve, il chante, et fait
[une telle bouillie de langues]
775 qu'il ne vivra pas plus d'une heure.
Parole, j'en ris et pleure en
même temps.

LE DRAPIER. Il n'y a pas de rires
ou de larmes qui tiennent, il faut
que je sois payé sur-le-champ.

GUILLEMETTE. 780 Comment ? de quel « chant »
[parlez-vous ?
C'est pas fini, votre chanson ?

LE DRAPIER. Je n'accepte pas que l'on me
paie en affaires avec des mots.
Voulez-vous me faire prendre
785 des vessies pour des lanternes ?
[Il entre où se trouve Pathelin.]

PATHELIN. Sus à la reine des cloches !
Tout de suite, près de moi, là.

Mais c'est qu'elle a accouché
des quatre petits clochetons
790 du cureton, à croupetons !
D'être son copain, ça produit.

GUILLEMETTE *[à Pathelin]*.

Tournez-vous vers Dieu, mon ami,
et laissez les cloches tranquilles.

LE DRAPIER.

Mais qu'est-ce qui se trame ici ?
795 Allons, vite, que je sois payé
en écus, ou autres espèces,
du tissu que vous m'avez pris.

GUILLEMETTE.

Par saint Pierre, votre première
méprise ne vous suffit pas ?

LE DRAPIER.

800 De quoi vous mêlez-vous, madame ?
Et où donc y a-t-il méprise ?
Ce qu'il m'a pris, j'en veux le prix.
Quel tort je vous cause si
je viens ici demander mon dû,
805 quoi qu'en dise son saint patron ?

GUILLEMETTE.

Vous êtes sans pitié pour lui.
À votre visage, je vois bien
quelles sont vos intentions.
Si seulement j'avais de l'aide,
810 pauvre de moi, je pourrais vous
attacher : vous êtes fou à lier !

LE DRAPIER.

Mais par pitié, mon argent !
J'enrage !

GUILLEMETTE.

— Mais quelle folie !
Respectez au moins le malade :
815 faites le signe de la croix.

LE DRAPIER.

C'est sur mon tissu que je fais
une croix. — Mais quel beau malade ! —

PATHELIN *[délirant]*[1].

> Meravigliosa Castafiore,
> perche vaï vociferando ?

> —

> 820 Vieni, vieni, amore mio,
> cocca mia, cuore dei cuori !

> —

> Coglione ! Ladro ! Arpagone !
> Grosso porcone, vaffanculo[2] !

GUILLEMETTE.

> Il eut un oncle dans la plaine
> 825 du Pô. Tout enfant, il y fut.
> Je suis sûre que c'est pour ça
> qu'il en vient à parler italien.

LE DRAPIER.

> Taratata ! C'est avec mon
> tissu qu'il est venu ici.

PATHELIN.

> 830 My lover dear, come here !
> My duck, my goose... Whole ass !

> —

> Stop ! Out of my way !
> Dead end is your future !

> —

> You sold your soldes for gold ;
> 835 but you're a good gangster !

> —

> My name is Nobody : way out !
> Exit, delete, bye bye ! O.K.[3] ?

---

1. Sur l'adaptation des *langaiges* de Pathelin, voir Introduction, p. 15-17. Chaque réplique est une succession de séquences thématiques, distinguées par des tirets. D'abord accueilli (*Bienvenue, bille de clown !*), le Drapier est raillé pour son aspect ridicule et féminin, sa présence nauséabonde (*Dégage, gros porc !*), sa vaine cupidité (*Voleur, tu n'auras rien !*), puis chassé (*Espèce de nul, hors d'ici !*). Une même réplique se déroule comme un kaléidoscope de voix aux timbres, registres et débits différents, qui illustrent le talent proclamé de l'avocat pour improviser un chant aussi bien que le prêtre à la messe (v. 23-27). 2. Jargon italien (qui remplace le *langaige* limousin) : « Merveilleuse Castafiore, pourquoi brailles-tu comme ça ? – Viens, viens, mon amour, ma poule, cœur des cœurs ! – Couillon ! Voleur ! Avare ! Gros porc, va te faire enc... ! » 3. Jargon anglais (qui remplace le *langaige* picard) : « Mon cher amant, viens ici !

GUILLEMETTE.   Il est K.O. et presque mort ;
                c'est l'extrême-onction qu'il lui faut

LE DRAPIER.   840 Mais il parle anglais ! Où l'a-t-il
                appris ? C'est incroyable !

GUILLEMETTE.   Bébé, on lui bouta une nounou
                d'Albion ; il l'apprit très vite.

PATHELIN.   Zdrasvouïtié, moya babouchka !
            845 Lioubliou té, moya djiévotchka !
                —

                Bolchoï ! Gagarine ! Vostok !
                Gros koulak ! Harpagon ! Gobsek !
                Ton krasno drap : pas un kopeck[1],
                tes roubles sont tout kapout !
            850 Sainte Étoff, priez pour lui.
                —

                Va voir au goulag si j'y suis,
                manger de l'oie de Sibérie !
                Jolie méandre spatulée,
                à boire, gogo, par pitié !
                —

            855 Convoque le Grand Inquisiteur,
                j'ai un secret à lui confier.

LE DRAPIER.   Passion du Christ ! Son cerveau
                n'arrêtera pas son transport.
                Qu'il signe un papier ou donne
            860 mon argent, et je partirai.

GUILLEMETTE.   Par le bois de la Croix, quel
                bourreau vous faites ! Allez-vous
                enfin partir d'ici ? Je ne
                comprends pas votre entêtement.

Mon canard, mon oie… Âne intégral/trou du cul ! – Stop, dégage mon chemin ! Ton avenir est sans issue ! – Tu vends tes soldes à prix d'or, mais tu es un bon gangster. – Mon nom est Personne : dégage ! Sors, effacer, au revoir ! O.K. ? »

    1. Jargon russe (qui remplace le *langaige* pseudo-flamand) : « Bonsoir, ma vieille grand-mère ! Je t'aime, ma jeune fille ! – Gros paysan enrichi, Harpagon, Gobsek, ton beau drap ne vaut pas un kopeck ! »

PATHELIN.   865   Salut, quatre fois moins que rien !
                     Racine carrée de zéro !
                     Plus petit commun détrousseur !
                     Gros raboteur de mesures et
                     petit ratiboiseur de long !
                     —

               870   Mon addition, ma fraction,
                     mon petit cube chéri,
                     viens frotter ta circonférence
                     à mon splendide périmètre !
                     —

                     Que ta grande puanteur soit
               875   rectifiée, par saint Alambic !
                     Dégage sans demander ton reste[1] !

LE DRAPIER *[ébahi]*.
                     Comment arrive-t-il à faire
                     toutes ces opérations ?

GUILLEMETTE.   Il eut un parrain polytechnicien.
               880   À trois ans, il prenait sa première
                     tangente, mais il est à la dernière
                     extrémité.

LE DRAPIER.   Sainte Mère,
                     voici la plus incroyable
                     histoire qui me soit arrivée !
               885   Je ne me serais jamais douté
                     qu'il n'eût été tantôt à la foire.

GUILLEMETTE.   Vous le croyiez ?

LE DRAPIER.   Absolument.
                     Mais je vois qu'il n'en était rien.

PATHELIN.   Salamalec, Oum Kalsoum !
               890   Mon rossignol chéri, tu as
                     du caire, mais vrai, tu n'es pas
                     encore mince. Le divan,

---

1. Remplace le *langaige* normand.

c'est de l'argent : flouze ! Bakchich ?
Und jetzt für dich : zéro dinar !

—

895 Sabre au clair ! Razzia au bazar
de l'eunuque ! Sabrez tarifs
et caftans de la bel'mam'louk !
Les houris s'avanc't-à-pas-lents
vers la mosquée du Grand Gogo.

—

900 Mine-à-raie... Mais sans papier,
cette grosse truie menstruée
s'est exonérée d'un pot[1] !

GUILLEMETTE.   Sa tante, collecteur d'impôts,
fut capturée par les païens.

LE DRAPIER.   905 Sainte Vierge, je n'y entends rien :
il ne parle pas chrétien
ni rien qui s'en approche.
              [Il tente une citation biblique.]
C'est le retour de Babel,
le grand trafiquant de mots.
910 Hélas, mon Dieu, comprenez-y
quelque chose ! Quel délire !
Quel baragouin ! Il se meurt.

GUILLEMETTE.   Il meurt, avec un grand besoin...
des derniers sacrements.

PATHELIN.   915 Elsaß und Lothringen !
Du bist eine scheiße wurst
ohne toaletten papier !

—

---

1. Jargon composite (qui remplace le *langaige* breton) comprenant des mots français d'origine arabe (salamalec, flouze, zéro, dinar, razzia, tarif, mamelouk, houri, mosquée), persane (divan, bakchich, bazar), turque (caftan), allemande (sabre) ; il comprend aussi de l'allemand (*und jetz für dich* : « et maintenant, pour toi »), et une expression tirée de l'argot du XVe siècle, « être mince de caire », qui signifie « être fauché » (*caire* : « argent ») ; Oum Kalsoum (1898 ?-1975) : chanteuse égyptienne emblématique, surnommée « le rossignol du Caire », dont les problèmes pondéraux étaient bien connus.

Ich liebe dich, meine Lily[1].

> *[Il chante une parodie de* Lily
> Marlene *qui circulait en France à la
> Libération.]*

« Derrièr' la caserne,
920 « un soldat chantait,
« ruminant le temps,
« sa queue entre les dents.
« Je lui demand' :
« Pourquoi pleur'-tu ?
925 « Il me répond : Nous som' foutus,
« le Jules sera pendu,
« on a les Russes au cul ! »
Raus ! Kein schnaps ! Nach Berlin !
                              [Schnell !

———

> *[Le Drapier s'éloigne, effrayé, mais
> s'arrêtera net quand Pathelin dira le
> mot « emprunteurs ».]*

Ave, rex gogorum, ave,
930 les emprunteurs te saluent bien !

———

Rosa rosarum, flos florum,
porcus porcorum, tota pulchra es !
In vino tuo veritas :
in inferno sit ejus locus
935 per secula seculorum[2].

———

> *[À voix basse, comme une prière.]*
Salve, alma Virgo, salve.

---

1. Jargon allemand (qui remplace le *langaige* lorrain) : « L'Alsace et la Lorraine ! Tu es une saucisse de m... sans papier de toilettes ! Je t'aime, ma Lily... » ; v. 928 : « Avance ! Pas d'eau-de-vie ! À Berlin ! Vite ! »
2. Jargon latin (autre texte latin dans l'original) : « Salut, roi des gogos, salut ! Les emprunteurs te saluent bien. – Rose des roses, fleur des fleurs, porc des porcs, tu es toute belle ! – En ton vin est ta vérité : en enfer soit son lieu, pour les siècles des siècles ! Salut, Vierge mère, salut ! Salut, vierge de mes deux, la sortie est par ici : c'est là la sortie ! La messe est dite. Grâces au gogo. Ainsi soit-il ! »

Salut, vierge de mes deux,
la sortie est par ici :
exit ibi est. Ite missa est.
940 Gogo gratias. Amen.

LE DRAPIER.   Sainte Église, il va mourir sous
le poids des mots ! Quelle profonde
piété : sa dernière sortie
est une prière en latin !

GUILLEMETTE. 945 Tout ce qu'il y a d'humain
le quitte, et je suis abandonnée.

LE DRAPIER.   Il serait mieux que je m'en aille
avant qu'il ait rendu son âme.
En mourant, certainement,
950 il ne souhaite pas s'exprimer
en ma présence, mais seul à seul.
Pardonnez-moi, et ce qui s'est
passé, prenez-le en bien,
car je vous jure que je croyais
955 qu'il avait eu mon tissu. Adieu,
madame ; que Dieu me pardonne !

GUILLEMETTE.   Bénie soit votre journée !
Ainsi va la vie, pauvre de moi !

LE DRAPIER *[en s'en allant, comme une prière]*.
Sainte Marie, en ma faveur !
960 Écoute ton serviteur
anéanti : le diable a pris
ses traits pour me prendre
mon tissu. Bénédicité.
          [Il se signe.]
Qu'il ne puisse s'en prendre à moi !
965 Puisqu'il en est ainsi, je le donne,
pour Dieu, à quiconque l'a pris.
          [Il retourne à son étal et le range.]

[Scène 6. Pathelin, Guillemette]

PATHELIN.   Victoire ! Suis-je bon pédagogue ?
                       S'en va-t-elle, la belle dupe ?
                       Ce corniaud ne viendra jamais
970   à bout de ses interrogations.
                       Il en fera des cauchemars
                       avant même de s'endormir.

GUILLEMETTE.   Et comment, vous l'avez mouché !
                       N'ai-je pas bien fait mon devoir ?

PATHELIN.   975   Sainte Vérité, sans conteste,
                       vous avez été excellente !
                       Maintenant, quoi qu'il arrive,
                       nous avons assez de tissu[1].
                       Qu'en dites-vous donc, ma bourgeoise ?
              980   Ne sais-je pas traiter affaires ?

GUILLEMETTE.   Vous avez mis le négoce
                       à vos pieds. Jouceaulme est envoyé
                       paître ; vérité vraie, c'est main
                       de maître ! Pour l'embobiner,
              985   jamais je n'aurais imaginé
                       une aussi belle tromperie :
                       et quelle démonstration !
                       Nom d'un chien, quand vous le voulez,
                       vous vous y entendez pour
              990   traiter vos affaires, je l'ai vu.
                       Je ne vous croyais pas si habile,
                       mais j'admets — et sans vous flatter —
                       que l'on peut bien vous décerner
                       la palme de maître des maîtres.

---

1. La partie comprise entre les vers 979-1023 ne figure que dans le manuscrit Bigot ; c'est un développement qui répond au premier des reproches de Guillemette : ils n'ont plus rien ni pour manger, ni pour se vêtir (v. 29-30). Ce développement permet de conclure la première partie sur l'apothéose de Pathelin saisi par l'Orgueil, thématique fondatrice du personnage.

PATHELIN. 995 Il ne tient qu'à moi d'obtenir
tout ce que je veux, voire plus.
Vous n'avez encore rien vu,
Guillemette. J'ai un autre
fer au feu, et j'en suis soigneux !
1000 Un homme doué comme moi
ne doit point laisser son talent
et sa pratique en jachère,
mais les nourrir et cultiver
pour atteindre d'autres sommets.
1005 Et pour cette raison, ma belle,
je vais retourner négocier.

GUILLEMETTE. Voulez-vous encore escroquer
quelqu'un d'autre ?

PATHELIN. Oui, par saint Pierre,
ce sera mon gentil compère
1010 boulanger du bout de la rue.
Il est si bien fourni que tout
le monde se rend chez lui.
Ou j'échoue ou certainement
il me livrera sur-le-champ
1015 de la farine et du pain frais,
et jusqu'à la fin de l'année.
Pour paiement, tout comme Jouceaulme,
il aura le vent.

GUILLEMETTE. Au secours !
Mais vous vous croyez le maître
1020 du monde ! C'est sans précédent !

PATHELIN. Par le Grand Architecte, ayez
l'œil vigilant ! Je m'en vais là.
[Au public.]
Mesdames, messieurs, nous vous
[saluons !
[Pathelin s'en va.]

[DEUXIÈME PARTIE]

[Scène 1. Le Drapier, le Berger]
[Extérieur.]

LE DRAPIER.
    Maudit soit qui m'a possédé !
1025 Et maître Pierre Pathelin,
pense-t-il emporter mon tissu
sans aucune contrepartie ?
Est-ce vraiment lui qui l'a pris ?
Je n'en suis même pas sûr.
1030 Je renonce, par le sang du Christ.
Que signifie cette mascarade ?
Tout le monde vient se servir
sur mon bien ! C'en est à pleurer !
Je suis vraiment le roi des cons :
1035 même mon berger, maintenant,
s'y est mis. Je l'ai recueilli,
logé, nourri, et il me vole.
Il va voir ce qu'il lui en coûte :
je le contraindrai à genoux,
1040 par l'Impératrice des cieux.

LE BERGER.
    Que Dieu vous donne une journée
et une soirée bénies, patron !

LE DRAPIER.
    Ah, te voilà, beau salopard ! —
Il est vraiment bon, mais à quoi ? —

LE BERGER.
1045 Sans vouloir v'z-importuner —,
quéqu'un est v'nu m' parler,
mais je m' souviens pas bien
d' quoi l'était question...
Y m'a dit — l'était sérieux et

1050 vêtu comme au cirque[1] — d' vous,
       patron — un papier à la main —,
       d' je n' sais quel' convocation.
       Pour ma part, sainte Vierge,
       j' n'y comprends rien d' rien.
1055 Y m' mélange, pêle-mêle,
       des brebis, d' comparution,
       et encor' r'sservi d' vous, patron ;
       bref, l'en a fait tout un plat.

LE DRAPIER.   Si je ne te fais embarquer
1060 sur-le-champ au tribunal,
       que le ciel, le déluge et la
       tempête me tombent dessus.
       Tu n'abattras plus de bêtes
       sans savoir ce que tu fais, juré !
1065 Et tu me paieras, quoi qu'il arrive,
       six aunées... je veux dire : la laine
       de mes bêtes et le préjudice
       de ces dix dernières aunées, heu…
                                          [années.

LE BERGER.   Les ragots, faut pas écouter,
1070 patron. Croyez-moi, sur mon âme,
       j' n'ai rien fait pour mériter ça.

LE DRAPIER.   Et, par la très sainte Vierge,
       tu les rendras avant samedi,
       mes six aunes de tissu... zut !
1075 ce que tu as pris sur mes bêtes.

LE BERGER.   Qué tissu ? C'est aut' chose
       qui vous travaille, patron.
       À vous r'garder, sauf vot' respect,
       on s' pose des questions.

---

1. Le Berger décrit, comme s'il était niais, la citation à comparaître reçue d'un sergent, vêtu de son habit rayé et qui tenait un bâton, insigne de sa fonction, à la main : « *ne sais quel vestu de royé... qui tenoit un fouet sans corde...* » (éd. v. 1046-1048).

LE DRAPIER.   1080 Fiche-moi la paix. Va-t'en, et,
                    pour ta convocation, fais-en
                    à ta guise.

LE BERGER.   Patron, faisons
                    accord : pour Dieu, pas d' tribunal.

LE DRAPIER *[sarcastique]*.
                    Pour ce qui est d'un accord,
              1085 ne t'en fais pas, tout est au mieux :
                    je m'accorderai à ce que
                    le juge décidera, point.
                    Tout le monde me trompera
                    si je n'y mets pas le holà !

LE BERGER.   1090 Salut, patron, qu' Dieu vous garde !
                    [Le Berger s'en va.]
                    Il faut donc que je me défende.
                    *[Il réfléchit, puis se dirige vers le
                    logis de Pathelin.]*

[Scène 2. Le Berger, Pathelin, (Guillemette[1])]

*[Intérieur : chez Pathelin. Un gros pain est en évidence ;
Guillemette coud le tissu en silence.]*

LE BERGER.   Y a quéqu'un ?

PATHELIN.   Que je sois pendu
                    haut et court s'il ne revient !
                    Ce serait une catastrophe.
              1095 Branle-bas debout ! tous au front !
                    [Guillemette cache le tissu.]

_____

1. Guillemette n'apparaît pas dans la deuxième partie du texte d'après
le manuscrit Bigot. Seulement quatre acteurs sont alors nécessaires pour
jouer l'ensemble de la pièce : l'acteur qui joue Guillemette dans la première
partie, peut assumer le rôle du Juge dans la deuxième partie. Le manuscrit
La Vallière et la tradition imprimée attribuent à Guillemette les vers
1094-1095.

LE BERGER.	Dieu vous aide !
PATHELIN.	Dieu te protège !
LE BERGER.	Que Dieu vous entende !
PATHELIN.	Que veux-tu ?

LE BERGER.   Maître, on m' prendra en défaut
                si je n' vais à ma convocation
1100   à l'audience du jour. Cher maître,
                s'y vous agrée, v'z-y viendrez
                et m' défendrez ma cause
                car j' n'y comprends rien.
                Cher maître, j' vous paierai très bien,
1105   même si d'mine j' paie pas.

PATHELIN.   Allons, viens ici. Tu es quoi ?
                Demandeur ou défendeur ?

LE BERGER.   J'ai affaire à un loup méchant —
                comprenez-vous bien, maître ? — ,
1110   un malin pour qui j'ai longtemps
                mené paître ses brebis,
                et gardé aussi bien que j' pouvais,
                et qui m' payait très très peu.
                Dois-je tout dire ?

PATHELIN.   Oui, absolument :
1115   à son conseil, il faut tout dire.

LE BERGER.   Maître, c'est vérité vraie
                que j' les lui ai dispersées
                si bien qu' plusieurs s' sont paumées
                et sont tombées raides mortes,
1120   alors qu'elles étaient toutes saines ;
                et puis j' lui f'sais comprendre,
                afin qu'y n' m'en tienne rigueur,
                qu'elles mouraient de clavelée.
                « Débarrasse-t'en, afin qu'elle
1125   ne soit plus mêlée aux autres ! »
                J' l'ai fait bien volontiers,
                mais par une autre voie car,

par saint Glouton, j' la mangeai,
moi qui savais bien sa maladie.
> *[Il s'arrête ; Pathelin lui fait signe de
> continuer.]*
1130 Que voulez-vous que j' vous dise ?
Je m' suis laissé entraîner...
et j'en ai tant battu et tué
qu'y s'en est très bien rendu compte.
Quand l'a vu qu'il était trompé —
1135 qu' Dieu m'aide ! — , y m'a fait
[surveiller ;
car on l'z-entend gueuler trop fort
— comprenez-vous ? — , quand on les
[tue.
J'ai été pris sur l' fait,
je n' pourrais jamais l' nier.
1140 J' voudrais bien vous d'mander...
> *[Pathelin fait le geste de payer.]*
— j'ai c' qu'y faut, vous en fait' pas —
... qu' vous et moi prenions les d'vants.
J' sais bien qu' sa cause est bonne
mais vous trouv'rez bien tel' clause,
1145 s'y vous plaît, qu'y l'aura mauvaise.

PATHELIN *[suspicieux].*

As-tu vraiment ce qu'il faut ?
Que donneras-tu si je retourne
le droit de la partie adverse
et que l'on t'en tienne absous ?

LE BERGER.   1150 Je n' vous paierai pas d'argent,
mais d'écus d'or d' bon aloi.

PATHELIN.   Ta cause sera donc bonne,
même si elle était deux fois pire.
Quand j'y mets tout mon talent,
1155 meilleure est la cause, plus je la
démolis ; tu verras mes batteries,
quand il aura exposé sa plainte !
Viens par ici et réponds-moi —

	par le précieux sang du Calice,
1160	tu es plus malin qu'il ne faut
	pour comprendre le stratagème :
	Comment t'appelles-tu ? nom ? prénom ?

LE BERGER.   Par saint Troupeau, Thibaut Agnelet.

PATHELIN.   Ah... gnelet ! Combien d'agneaux de lait
1165 as-tu détournés à ton maître ?

LE BERGER.   Par mon serment, cela s' pourrait
bien qu' j'en ai mangé plus d' trente
en trois ans.

PATHELIN.   Ce sont dix de rente
pour ton ventre et tes dents.
1170 Nous lui en remontrerons, pour sûr.
Penses-tu qu'il puisse tout de suite
trouver un témoin à charge ?
C'est la clé de ton procès.

LE BERGER.   Un témoin, maître ? Par saint Loup,
1175 et par tous les saints d' paradis,
y n'en trouv'ra pas un, mais dix
qui dépos'ront contre moi !

PATHELIN *[après réflexion]*.
          C'est un fait qui joue trop en ta
défaveur. Je pensais ceci :
1180 tu ne diras pas que je suis
des tiens ni que je te connais.

LE BERGER.   Non ? Mais quoi...

PATHELIN.   C'est indispensable.
Écoute bien attentivement.
Si tu parles, tout ce que tu diras
1185 sera retenu contre toi,
et dans des cas comme le tien,
les aveux sont si désastreux
que leurs conséquences sont terribles.
Pour cette raison, il faut que tout
1190 à l'heure, quand on t'appellera

pour comparaître en jugement,
tu ne répondes absolument
rien sauf « Bée », quoi que l'on te dise.
Et s'il arrive qu'on t'injurie
1195 en disant : « Hé, là, petit con,
tu vas le sentir passer ! » ou :
« Te moques-tu de nous, vaurien ? »,
dis : « Bée ! ».

> *[Le Berger s'essaie à dire « Bée » de*
> *différentes façons, et Pathelin le*
> *corrige.]*

          « Ah, ferai-je, c'est un crétin,
il pense parler à ses bêtes. »
1200 Attention ! Même s'ils s'y cassaient
la tête, tu ne dois dire
nul autre mot.

LE BERGER.   C'est d' mon intérêt.
J'y s'rai très attentif, vraiment,
et l' f'rai tout bien comm' y faut,
1205 v' pouvez compter sur moi, promis.

PATHELIN.   Attention, car ce n'est pas tout :
à moi-même, quoi que je te dise
ou propose, en aucun cas
ne réponds rien d'autre que « Bée ! ».

LE BERGER.   1210 Moi ? pour rien au monde, juré !
Dit' carrément que j' perds la boule
si j' dis aujourd'hui aut' chose
à vous ou à quéqu'un d'autre
pour quoi qu'on m' dise ou qu'on
                              [m' sonne,
1215 sauf le « Bée » qu' vous m'avez appris.

PATHELIN.   Par l'Évangile, ton adversaire
sera pris à son propre jeu.
Mais je compte sur toi, quand
ce sera fait, pour passer à la caisse.

LE BERGER.   1220 Maître, si je n' vous paie pas

comm' v'z-avez dit, ne m' faites plus
jamais crédit. J' vous prie :
faites vite avancer mon affaire.

PATHELIN.   C'est tout près, nous sommes vernis !
1225   Je suis sûr que l'audience est ouverte,
car le juge vient siéger ici
de cinq à six ou à peu près.
Suis-moi, mais nous ne prendrons pas
le même chemin tous les deux.

LE BERGER.   1230   V'z-avez raison : faut pas qu'on voie
qu' vous êtes mon avocat.

PATHELIN.   Sainte Vérité, gare à toi
si tu ne me paies convenablement.

LE BERGER.   Maître, l'en s'ra tout comme
1235   v'z-avez dit, n'en doutez pas.

PATHELIN *[à part].*Ce n'est pas encore le Pérou,
mais c'est presque l'Amérique.
Si tout s'enclenche bien, j'aurai
un ou deux écus pour ma peine.

[Scène 3. Le Drapier, le Juge, Pathelin,
le Berger]

*[Extérieur : au tribunal. Le Juge est assis derrière une
petite table qui remplace les tréteaux du Drapier. Un petit
banc. Pathelin arrive en premier, salue le Juge et s'assoit
sur le petit banc ; puis vient le Drapier ; Pathelin le voit
arriver, le reconnaît, et fait en sorte de ne pas être identifié.
Le Berger entre en scène pendant les premières répliques.]*

LE DRAPIER *[obséquieux].*
1240   Monsieur le juge, Dieu vous donne
bonne après-midi, bonne soirée,
et tout ce qu'il vous plaira !

LE JUGE.   Soyez le bienvenu, monsieur.
Vous pouvez vous asseoir ici.

LE DRAPIER. 1245 Je suis bien ; si vous permettez,
je préfère rester là.
[Arrive le Berger.]

LE JUGE. Monsieur, que puis-je pour vous ?
Qu'on procède, afin que je dispose.

LE DRAPIER. Mon avocat est en route,
1250 il achève une affaire en cours,
monsieur le juge ; veuillez bien
l'attendre, il sera là de suite.

LE JUGE. Mon Dieu, j'ai une audience ailleurs.
Si la partie adverse est présente,
1255 livrez-moi sans délai votre affaire ;
et n'êtes-vous pas demandeur ?

LE DRAPIER. Mais oui.

LE JUGE. Où est le défendeur ?
Est-il présent ici en personne ?

LE DRAPIER *[montrant le Berger]*.
Et comment ! Il ne pipe mot,
1260 mais Dieu sait ce qu'il en pense !

LE JUGE. Puisque les parties sont présentes,
veuillez exposer votre plainte.

LE DRAPIER. Voici donc ce dont je me plains,
monsieur le juge. C'est vrai
1265 qu'en toute charité chrétienne
je l'ai nourri depuis l'enfance,
et, quand je vis qu'il était
capable d'aller aux champs...
Enfin bref, j'en fis mon berger
1270 et le mis à garder mes bêtes ;
mais, monsieur le juge, aussi
vrai que je vous vois là assis,
il m'en a fait un tel carnage,
de brebis et de moutons, que,
1275 vraiment...

LE JUGE.   Un instant, s'il vous plaît :
           était-il votre salarié ?

PATHELIN *[au Juge]*.
                Très juste, car s'il s'était risqué
                à l'employer sans salaire[1]...

LE DRAPIER.   Mais nom de Dieu ! que je meure
           1280 si ce n'est... Mais non, vraiment...

LE JUGE *[à Pathelin, qui se masque comme il peut avec sa
        main]*.
                Qu'avez-vous avec votre main ?
                Vos dents vous font mal, maître Pierre ?

PATHELIN.   Une mauvaise rage de dents,
                comme je n'en ai jamais eu ;
           1285 je n'ose pas bouger la tête.
                Je vous en prie, poursuivez.

LE JUGE *[au Drapier]*.
                Continuons. Veuillez achever
                et nous donner vos conclusions.

LE DRAPIER.   Est-ce que... Vraiment, sans aucun
           1290 doute, par la Crucifixion :
                c'est à vous que j'ai vendu mon
                tissu — six aunes ! —, maître Pierre !

LE JUGE *[à Pathelin]*.
                C'est quoi, ce tissu ?

PATHELIN.   Il s'égare.
                Il croit pouvoir exposer son cas,
           1295 mais il ne sait pas procéder
                car il ne s'est pas préparé.

LE DRAPIER.   Que je sois pendu si c'est un
                autre qui l'a pris, mon tissu.

---

1. À partir de cet instant, Pathelin intervient comme informateur/
assesseur du Juge, et démontre ainsi la parité revendiquée (v. 14-17) avec
le juge-maire au tribunal (« *auditoire* ») du bourg où se déroule l'action (voir Introduction, p. 6) ; il n'aurait pu remplir ce rôle s'il s'était
présenté à l'« *auditoire* » comme avocat du Berger.

PATHELIN *[au Juge]*.

Où cet énergumène va-t-il
1300 chercher l'argument de sa plainte ?
Il veut dire — c'est un comble ! —
que son berger avait vendu
la laine — je l'ai compris ainsi —
dont fut fait le tissu de mon habit,
1305 comme pour dire qu'on le vole,
et qu'il lui a pris la laine
de ses brebis.

LE DRAPIER.

Que le diable
m'étouffe si vous ne l'avez !

LE JUGE.

Silence, par Dieu, calmez-vous !
1310 Ne pouvez-vous revenir à
votre propos sans déblatérer
ainsi devant la cour ?

PATHELIN.

C'est à mourir de rire : il est
tellement perdu qu'il ne sait
1315 même plus où il s'est arrêté.
[Au Juge.]
Rafraîchissons-lui la mémoire.

LE JUGE *[au Drapier]*.

Bref, revenez à ces moutons[1].
Qu'en fit-il ?

LE DRAPIER.

Il en prit six aunes,
pour neuf francs.

LE JUGE.

Tu nous prends pour des cons
1320 ou des naïfs ? Où te crois-tu ?

PATHELIN *[au Juge]*.

Il nous mène en bateau, pardi,

---

1. La formule « Revenons à nos moutons » est attestée dans les textes depuis la fin du XVᵉ siècle. Même si l'expression a pu exister auparavant, c'est *Maître Pierre Pathelin* qui aura servi de point de départ à sa popularité.

	et pour la parade, il s'y entend.
	Mais, je vous prie, qu'on interroge
	à présent sa partie adverse.

LE JUGE.   1325 C'est bien dit. Il lui parle,
c'est donc qu'il le connaît.
Approche !
[Le Berger s'avance.]
Exprime-toi !

LE BERGER.   Bée !

LE JUGE.   Ça commence mal !
Ai-je vraiment l'air d'une chèvre ?
Réponds !

LE BERGER.   Bée !

LE JUGE.   Un sale quart d'heure
1330 t'attend ! De qui te moques-tu ?

PATHELIN *[au Juge].*
Je pense qu'il est fou ou débile ;
il se croit parmi ses bêtes.

LE DRAPIER.   Je renie Dieu si vous n'êtes
celui, absolument, qui l'avez eu,
1335 mon tissu. Monsieur le juge,
si vous saviez par quel procédé...

LE JUGE.   Silence. Vous n'êtes pas moins
fou que vous êtes bavard.
Veuillez nous laisser l'accessoire
1340 et revenons au principal.

LE DRAPIER.   D'accord, mais ça me fait trop mal,
monsieur le juge, car cela
me touche de trop près ; pourtant
je n'en dirai plus un seul mot.
1345 Une autre fois il en ira
autrement qu'aujourd'hui ;
c'est dur à avaler, mais c'est ainsi.
J'étais donc en train de dire

comment j'avais donné six aunes...
1350 pardon, je veux dire : mes brebis.
Je vous en prie, monsieur le juge,
pardonnez-moi : ce prétendu maître...
pardon, mon berger, quand il allait
aux champs, il me dit que j'aurais
1355 neuf francs en bonnes espèces,
ou environ...
        [Il s'arrête, puis reprend.]
                ... Il y a trois ans,
mon berger s'engagea
à me garder loyalement
mes brebis, sans y faire aucune
1360 atteinte ni préjudice,
et maintenant il me dénie
et tout tissu et tout argent.
Ah, maître Pierre ! — Oui, vraiment,
ce gredin-là me volait mes laines
1365 de mes bêtes, et toutes saines
les faisait mourir et périr
en les dispersant et en
les assommant à coups de bâton.
Quand mon tissu fut sous son bras,
1370 il a filé à toute vitesse
en me disant de venir prendre
neuf francs à son domicile.

LE JUGE.   Par n'importe quel bout, ce que
vous dites n'a ni queue ni tête.
1375 Vous passez de l'un à l'autre,
et au final vous mélangez tout.
        [À Pathelin.]
Nom d'un chien, je n'y comprends rien.
Il parle de tissu, puis de choses
et d'autres, comme ça vient ;
1380 rien qu'il dise ne tient debout.

PATHELIN *[au Juge].*
            Je suis tout à fait convaincu
qu'il retient le salaire du berger.

LE DRAPIER.   Vous pensiez bien passer
                             le tissu sous silence, c'est clair.
                        1385 Je sais mieux où ça me fait mal
                             que n'importe qui d'entre vous.
                             Par la tête de Dieu, vous l'avez !

LE JUGE.   Qu'est-ce qu'il a ?

LE DRAPIER.   Rien, monsieur le juge.
                             Je vous jure, c'est le plus grand
                        1390 trompeur... Bon, je me tairai
                             si je puis... Je n'en parlerai
                             plus aujourd'hui, quoi qu'il m'arrive.

LE JUGE.   Oui, et souvenez-vous-en bien.
                             Concluez vite, maintenant.

PATHELIN *[au Juge]*.
                        1395 Le berger ne peut répondre
                             aux faits dont il est accusé
                             s'il n'est conseillé, et il n'ose
                             ou ne sait demander de l'aide.
                             Si vous vouliez ordonner
                        1400 que je l'assiste, je m'en charge.

LE JUGE.   Sur un pareil lopin, vous ne
                             récolterez rien ; mieux vaudrait
                             semer des clous.

PATHELIN.   Moi, je n'en fais
                             pas une affaire, je vous jure.
                        1405 Je n'en attends rien, sinon
                             d'entendre de sa bouche ce que
                             ce malheureux pourra bien dire
                             pour répondre aux faits invoqués.
                             Il aurait trop de mal à s'en sortir
                        1410 si celui qu'il pourrait trouver
                             — Viens, mon ami ! — ne venait à
                             son aide. — Tu entends ?

LE BERGER.   Bée !

PATHELIN.   Quoi, « Bée » ?

                Mais quelle mouche t'a piqué ?
                Raconte-moi toute ton histoire.

LE BERGER.   1415 Bée !

PATHELIN.   Tu crois entendre tes brebis ?
                C'est dans ton intérêt, comprends-le.

LE BERGER.   Bée !

PATHELIN.   Hée ! Dis au moins « oui » ou « non » !
                [Bas, au Berger.]
                — C'est bien, continue...
                [Haut.]
                            [— Tu as compris ?]

LE BERGER.   Bée !

PATHELIN *[bas, au Berger]*.
                    ... plus fort !
                [Haut.]
                            — Tu risques d'avoir
        1420 à le payer cher, je le crains.

LE BERGER *[plus fort]*.
                Bée !

PATHELIN.   Qui intente un procès à un
                tel fou, est encore plus fou.
                Va-t'en !
                [Au Juge.]
                        Renvoyez-le à ses
                brebis. Il est fou de naissance.

LE DRAPIER.   1425 Ah ! vrai ? Par sainte Camisole,
                il est plus malin que vous tous !

PATHELIN *[au Juge]*.
                Renvoyez-le garder ses bêtes
                sans autre forme de procès.
                Maudit soit celui qui assigne
        1430 [tel fou ou le fait convoquer] !

LE DRAPIER.   Et le renverrait-on avant
                     que je puisse être entendu ?

LE JUGE.   Évidemment, puisqu'il est fou !
                     Pourquoi non ?

LE DRAPIER.   Un instant, monsieur
    1435 le juge, et laissez-moi d'abord
         tout vous expliquer et conclure :
         dans ce que je dis, il n'y a
         ni erreur ni tromperie.

LE JUGE *[sentencieusement]*.
                     Fous et folles sont introduits,
    1440 aussitôt pleuvent les ennuis.
             [Au Drapier.]
         Écoutez bien, je serai bref :
         l'audience est levée, sans appel.

LE DRAPIER.   S'en iront-ils sans contrainte
                     ni renvoi ?

PATHELIN.   Et quoi encore ?
    1445 Un renvoi ? pourquoi ? Nul ne vit
         jamais tel fou en fait ou en dit.
         Et pas un pour racheter l'autre ;
         ensemble, ils sont sans concurrence !

LE DRAPIER.   Par tromperie, vous eûtes mon
    1450 tissu sans payer, maître Pierre.

PATHELIN.   Je renie mon saint tutélaire
                     s'il n'est bon pour la camisole.

LE DRAPIER.   Je vous reconnais à la voix,
                     au vêtement et au visage.
    1455 Je ne suis pas fou et assez sain
         pour savoir qui me veut du bien.
             [Au Juge.]
         Je vous dirai toute l'histoire,
         monsieur le juge, en mon âme et
                                    [conscience.

PATHELIN *[au Juge].*
                   Monsieur le juge, imposez-lui silence !
                   [Au Drapier.]
1460   N'avez-vous pas honte de poursuivre
                   ce berger pour trois ou quatre
                   vieilles brebis ou vieux moutons,
                   tout juste bons pour l'abattage ?
                   [Au Juge.]
                   Il gonfle son affaire à plaisir.

LE DRAPIER.   1465 Mais quels moutons ? C'est une scie !
                   C'est à vous-même que je parle !
                   Et vous me rendrez mon tissu,
                   par le Dieu qui me fit naître !

LE JUGE.   Voyez comme je suis bien loti :
                   1470 il n'a pas fini son concert !

LE DRAPIER.   Je lui dis...

PATHELIN *[au Juge].*   Il ne peut se taire,
                   et la plaisanterie a trop duré.
                   [Au Drapier.]
                   Admettons qu'il en eût perdu
                   six ou sept — une demi-douzaine —
                   1475 ou mangé — un chèque en nature :
                   quel est votre vrai préjudice ?
                   Ne vous a-t-il pas fait gagner autant
                   à vous les garder aux champs ?

LE DRAPIER.   Regardez, monsieur le juge,
                   1480 regardez : je lui parle « tissu »,
                   et il répond « moutons » !
                   Six aunes de tissu — où sont-elles ? —
                   que vous mîtes sous votre bras ;
                   ne pensez-vous pas me les rendre ?

PATHELIN *[au Drapier].*
                   1485 Monsieur, le laisserez-vous
                   arrêter[1] pour six ou sept bêtes ?

_____

1. « Arrêter » traduit « *prendre* » du texte original : c'est le sens du
mot dans ce contexte ; les autres versions (La Vallière, v. 1408 ; tradition

Reprenez donc vos esprits,
et ne soyez pas si implacable
avec ce misérable berger
1490 qui est dans un tel dénuement.

LE DRAPIER.   C'est vraiment le monde à l'envers !
C'est le diable qui m'a poussé
à prendre un trompeur comme client.
Monsieur le juge, je lui réclame...

LE JUGE.   1495 Je l'absous de votre requête,
et vous interdis toute poursuite.
Quel honneur de faire procès
à un fou !
                    [Au Berger.]
                              Retourne à tes bêtes.

LE BERGER.   Bée !

LE JUGE *[au Drapier].*   Vous montrez qui vous êtes,
              1500 monsieur, par Vérité la plus sainte !

LE DRAPIER.   Monsieur le juge, par mon âme,
je veux lui...

PATHELIN *[au Juge].*   Ne pourra-t-il se taire ?

LE DRAPIER *[à Pathelin].*

Mais c'est à vous que je m'adresse :
vous m'avez abusé, trompé,
1505 et emporté furtivement
mon tissu, par vos beaux discours.

PATHELIN *[au Juge].*

En mon âme et conscience, monsieur
le juge, voyez ce qu'il en est !

LE DRAPIER.   À l'aide ! Vous êtes le plus grand

---

imprimée, v. 1461) donnent « pendre », qui ne peut convenir : à ce moment,
le Berger n'est qu'un prévenu susceptible d'être arrêté après décision d'une
instance qui n'est pas une juridiction criminelle, seule habilitée à prononcer
la peine de mort.

1510 trompeur qui soit !
[Au Juge.]

                    Monsieur le juge !

LE JUGE.   Avec vous, on a le choix entre
le cirque ou les criailleries.
Je n'ai plus rien à faire ici.
[Au Berger.]
Va, mon ami, et ne réponds
1515 plus à aucune convocation.
[Insistant.]
La cour t'absout ; comprends-tu bien ?
Dis « merci ! ».

LE BERGER.   Bée ! ?

LE JUGE.   Dans mon pays,
c'est le prix.

LE BERGER.   Bée !

LE JUGE.   Va, ne t'en fais pas.

LE DRAPIER.   Est-ce fondé de le laisser
1520 partir ?

LE JUGE.   J'ai autre chose à faire !
Mais c'est cauchemardesque, ici !
Vous ne m'y retiendrez plus :
je m'en vais. Voulez-vous venir
souper avec moi, maître Pierre ?

PATHELIN.   1525 Je ne puis.

LE DRAPIER *[à Pathelin].*   Quel grand trompeur vous êtes !
[Le Juge s'en va.]

[Scène 4. Le Drapier, Pathelin, le Berger]

[Extérieur.]

LE DRAPIER.   Dites : serai-je enfin payé ?

PATHELIN.   De quoi ? Seriez-vous égaré ?
                   Mais qui croyez-vous que je sois ?
                   Cornedebouc, je me demandais
          1530   justement pour qui vous me preniez.

LE DRAPIER.   Ah ! enfin...

PATHELIN.   Cher monsieur, du calme ;
                   je vais tout de suite vous dire
                   avec qui vous me confondez :
                   ne serait-ce pas avec un...
          1535   écervelé ? Je suis chauve,
                   mais pas à l'intérieur de la tête[1].

LE DRAPIER.   Me prenez-vous pour un idiot ?
                   C'est vous, vous de vous, en personne !
                   Votre voix en donne le son,
          1540   ne l'entendez pas *autre-ment*.

PATHELIN.   Moi, pour de vrai ? Mais non, *vrai-ment*,
                   ôtez-vous cela de la tête.
                   Ne serait-ce monsieur Toulmonde ?
                   D'apparence, je lui ressemble.

LE DRAPIER *[railleur].*
          1545   Sa tête n'est pas si quelconque
                   ni son visage si défait :
                   ne vous laissé-je pas malade,
                   à l'instant, dans votre maison ?

PATHELIN.   Mais quel excellent argument !

---

1. Pathelin montre sa tonsure de clerc, reçue comme enfant de chœur, qui lui permet de revendiquer l'état ecclésiastique et ses privilèges, notamment celui de relever de la justice d'Église – si tant est qu'une fois de plus, il ne mente pas (il peut avoir été exclu) : les cas de fausses tonsures et de revendications abusives de cléricature ne sont pas rares à son époque.

1550 Malade ? de quelle maladie ?
Avouez votre sotte méprise :
à présent, elle est évidente.

LE DRAPIER.

C'est vous, ou je ne crois plus rien :
vous, sans la moindre ombre d'un doute,
1555 j'en suis sûr.

PATHELIN.

                N'en croyez plus rien,
car je ne suis pas celui
qui vous a pris le moindre bout
de tissu. Je n'ai pas cet honneur.

LE DRAPIER.

Je vais savoir ce qu'il en est
1560 chez vous, si vous vous y trouvez :
nous ne nous casserons plus la
tête ici, si je vous trouve là.

PATHELIN.

Par la Tête de l'univers,
ainsi le découvrirez-vous.
      [Le Drapier s'en va.]

[Scène 5. Pathelin, le Berger]

PATHELIN.   1565 Qu'en dis-tu, l'Agneau ?

LE BERGER.   Bée !

PATHELIN.   Bien dit !
Ton affaire est-elle bien réglée ?

LE BERGER.   Bée !

PATHELIN.   L'adversaire est débouté ;
ne dis plus « bée », c'est inutile.
L'ai-je entortillé joliment ?
1570 T'ai-je conseillé comme il faut ?

LE BERGER.   Béée !

PATHELIN.   Héée ! On ne t'entendra pas :
parle sans crainte, t'inquiète pas.

LE BERGER.   Bée !

[PATHELIN.   Il est temps que je m'en aille ;
paie-moi.

LE BERGER.   Bée !]

PATHELIN.   À vrai dire,
1575   tu as très bien rempli ton rôle
et ta conduite était parfaite ;
tu t'es bien gardé de rire,
c'est ça qui les a mystifiés.

LE BERGER.   Bée !

PATHELIN.   Ce « Bée », il ne faut plus le dire,
1580   mais me payer bien gentiment.

LE BERGER.   Bééée !

PATHELIN.   Quoi « bééée » ? Parle normalement
et paye-moi, je m'en irai.

LE BERGER.   Bée !

PATHELIN.   Devine ce que je vais dire :
je te prie de me *péeyer*
1585   sans plus me *béeyer* aux oreilles ;
je ne veux plus de bêleries.
Péeye !

LE BERGER.   Bée !

PATHELIN.   C'est pour plaisanter ?
C'est tout ce que tu comptes faire ?
Tu me payeras — comprends-tu ? —,
1590   sauf si tu te désagrèges !
[Il rit de ce qu'il vient de dire.]
L'argent, ici !

LE BERGER.   Bée !

PATHELIN.   Tu veux rire ?

LE BERGER.   Bée ? !

PATHELIN *[à part]*.   C'est tout ce que j'en aurai ? !

LE BERGER.   Bée !

PATHELIN.   Ne fais pas le malin.
          À qui crois-tu t'adresser, hein ?
  1595 Sais-tu ce que j'en fais, désormais,
          de ton « bée » ? Arrête, et paie-moi !

LE BERGER.   Bée !

PATHELIN *[à part]*.   N'aurai-je autre rétribution ?
          [Au Berger.]
          Pour qui te prends-tu ? Et moi
          qui devais tant me féliciter
  1600 de toi ; allez, fais-moi plaisir !

LE BERGER.   Bée !

PATHELIN.   C'est donc bien moi le pigeon[1] !
          Cornedebouc ! Ai-je tant vécu
          pour qu'un berger, un mouton vêtu,
          un pouilleux me ridiculise ?

LE BERGER. 1605 Bée !

PATHELIN *[à part]*.   N'en tirerai-je autre mot ?
          [Au Berger.]
          Si tu le fais pour te distraire,
          dis-le, n'en discutons plus,
          et viens souper à la maison.

LE BERGER.   Bée !

PATHELIN.   Vérité vraie, tu as raison.
  1610 Les oisons conduisent les oies.
          Je croyais être le grand maître
          des trompeurs d'ici et d'ailleurs,
          le roi des malins et des bailleurs

---

1. Texte original : « Me fais-tu manger de l'oie ? » ; Pathelin reprend ici l'expression à double sens avec laquelle il avait invité le Drapier chez lui (voir v. 298, 493) et qui avait égaré Guillaume (v. 682), car il se rend enfin à l'évidence qu'il est lui-même trompé.

de vent pour l'échéance et
1615 au terme de la fin des temps,
et un vrai cul-terreux me fait
la leçon ! Par l'Être suprême,
un gendarme, et je te fais boucler.

LE BERGER.   Bée !

PATHELIN.   Bée ! Que je sois pendu
1620 si je n'arrive à mobiliser
un gendarme. Qu'il soit maudit
s'il ne met la main sur toi !

LE BERGER *[à part]*.
S'il me trouve, il sera roi.
[Il est grand temps de dégager.
    [Au public.]
1625 J'ai trompé des trompeurs le maître,
car tromperie est ainsi faite
que qui trompe, trompé doit être.
Prenez en gré la comédie.
Adieu toute la compagnie ![1]]

---

1. L'adresse finale est reprise du texte du manuscrit La Vallière.

LA FARCE DE MAÎTRE MIMIN

Paysans assez cossus pour lui offrir un *magister*, ou maître d'école, Raulet et Lubine ont chacun des projets pour leur fils Mimin. Lubine lui souhaite la douceur d'une jolie femme, et Raulet, les bienfaits d'une éducation que lui n'a pas reçue. Mais tous deux rêvent pour Mimin d'ascension sociale. Ils ont choisi pour bru la fille de Raoul Massue, paysan lui aussi, mais dont l'enfant est la mieux vêtue du quartier. Cependant, Mimin s'applique tant à l'étude qu'il en oublie le français, et ne parle plus que latin : le mariage est-il compromis ?

La pièce se caractérise tout d'abord par son inscription dans le monde du savoir déraisonnable et du latin de cuisine, qu'on appelle parfois latin macaronique. Inventé en Italie[1], c'est un pseudo-langage savant, où se mêlent mots latins et mots de la langue vernaculaire, parfois affublés de terminaisons latines. Ce charabia tourne en dérision les professeurs qui enseignent mal le latin autant que leurs élèves. Le latin macaronique de la *Farce joyeuse de Maître Mimin étudiant* (ou *La Farce de Maître Mimin*) a fait penser que son personnage principal était un héritier de l'écolier limousin de Rabelais, et la pièce, un exemple parmi d'autres de la satire philologique du pédantisme[2]. S'il est évident que la veine satirique du célèbre « *escumeur de latin* » de *Pantagruel* est aussi celle de *Mimin*, l'usage conjoint du français et du latin s'est imposé en France bien avant cette date

---

1. Voir Michel DUBUISSON, « Latin macaronique et latin de cuisine », *Les Études classiques*, n° 66, 1998, p. 355-364.   2. Voir la synthèse et le point de vue opposé d'Emmanuel PHILIPOT, « Notes sur quelques farces de la Renaissance », *Revue du seizième siècle*, 1911, t. 9, p. 399-403.

dans les textes juridiques[1]. Et la déformation du latin, qui
caractérisait déjà la poésie satirique des goliards[2], est utili-
sée dans le théâtre comique du XVe siècle pour défendre le
français comme socle d'une identité nationale en pleine
construction[3]. De plus, pour que la plaisanterie qui associe
le langage obscur de l'étudiant à de l'anglais fasse encore
rire, il faut que la Normandie, où la pièce a été composée,
ait été reprise depuis peu à l'envahisseur d'outre-Manche.
Or, la victoire date de 1450. Même si elle nous est parvenue
dans un recueil de textes imprimés autour de 1540[4], cette
farce a donc été composée plutôt vers 1480-1490[5], avant le
texte de Rabelais.

Plus précisément, il semble que notre pièce ait été composée et jouée en Normandie, comme le suggèrent les pré-
noms, Raoul et Raulet, ou le patronyme « Massue », mais
aussi quelques mots utilisés dans cette région (« *peulx* »,
« *juppet* », « *pipet* », « *lindraye* »), certaines particularités
morphologiques ou phonétiques de la langue normande,
comme l'usage de « *nous* » pour « *vous* », de « *l'en* » pour
« *l'on* », ou encore la prononciation « *ch* » au lieu de « *c* »,
qui affecte jusqu'au latin écorché de Mimin : « *enfanchon* »
est mis pour « *enfançon* », et « *neuchias* » pour « *neuches* »,
les noces[6].

La satire de la mode latinisante est loin d'être le seul
trait saillant de la pièce. Celle-ci suppose une mise en scène,

---

1. Voir Ferdinand Brunot, *Histoire de la langue française des origines
à 1900*, t. 1, Paris, Colin, édition augmentée de 1933, p. 359-366, 528-532 ;
Serge Lusignan, *La Langue des rois au Moyen Âge. Le français en France
et en Angleterre*, Paris, PUF, 2004, p. 45-153. **2.** Voir *Les Poésies des
goliards*, groupées et traduites par Olga Dobiache-Rojdesvensky, Montréal, CERES Reprints, reproduction de l'édition de 1931. **3.** Voir Olga
Anna Duhl, « "Escumer le latin" : statut et fonctions de la barbarolexie
dans le théâtre comique du XVe siècle : enjeux théoriques », *Le Moyen Français*, nos 39-40-41, 1997, p. 205-224. **4.** Jelle Koopmans, « Du texte à
la diffusion, de la diffusion au texte. L'exemple des farces et des sotties »,
Le Moyen Français, 46-47, 2000, p. 309-326, spécialement p. 314.
5. Voir E. Philipot, *Trois farces du recueil de Londres. Le cousturier et
Esopet. Le cuvier. Maistre Mimin estudiant*, Rennes, Plihon, 1931, p. 68.
6. Voir E. Philipot, *Trois farces...*, *op. cit.*, p. 66, et p. 72-77.

des caractères et des thématiques qui sont propres aux farces des XVe et XVIe siècles.

L'intrigue se déroule chez Raulet, chez Raoul Massue,
chez le maître d'école, et s'achève chez Raulet. Cependant,
sur les tréteaux exigus où l'on jouait les farces[1], faut-il imaginer des décors, qu'on appelait « *mansions* », pour représenter ces lieux ? Ils sont plutôt suggérés, notamment par un
dispositif récurrent dans les farces comme dans le théâtre
religieux du Moyen Âge, mais rarement employé de façon
aussi systématique : les personnages se déplacent d'un lieu
à l'autre au rythme de rondeaux, des formes poétiques fixes
fondées sur deux rimes et caractérisées par un refrain de
deux ou quatre vers[2]. Grâce à la répétition que demande le
refrain, les rondeaux sont également utilisés pour souligner
des temps forts de l'action ou pour accompagner des salutations. Bien qu'on n'ait aucun renseignement sur la diction
de cette époque, on peut imaginer que les rondeaux y étaient
nettement mis en valeur, voire qu'ils s'accompagnaient d'une
gestuelle outrancière, mimant un déplacement impossible.
Joués de manière non réaliste, les rondeaux contribuaient
beaucoup au comique. Et c'est sur leur rythme enlevé que
ses parents, son futur beau-père et sa promise viennent trouver Mimin et son *magister*, pour les ramener dans le monde
du mariage, de la raison et de la langue française.

Comme en témoignent les rondeaux, la *Farce de Maître
Mimin étudiant* a été composée par un habile versificateur,
mais sa représentation est destinée à un large public. C'est
ce mélange entre un auteur savant, un jeu professionnel et
une réception à plusieurs niveaux de la société qui fait la
singularité des farces. Depuis le XIIIe siècle, des troupes de
comédiens circulent en France avec leur propre répertoire.
Invitées par des villes ou par des cours, elles sont rétribuées
pour leur travail. Certaines de leurs pièces ont été copiées
dans des manuscrits. D'autres ont été imprimées, et parfois

---

1. D'environ trois mètres sur deux. Voir Michel ROUSSE, « L'espace scé-
nique des farces », dans *La Scène et les Tréteaux. Le théâtre de la farce au
Moyen Âge*, Orléans, Paradigme, 2004, p. 93-102. 2. Schémas : ABaAa-
bAB ou ABBAabABabbaABBA.

réunies en recueils, comme le recueil de Florence[1], le recueil
Trepperel, ou le recueil de Londres qui contient *Maistre
Mimin*.

Au XVe et au XVIe siècle, les farces constituent souvent
un intermède dans une représentation de théâtre religieux.
Mais elles ont aussi été jouées seules, et l'on peut distinguer
dans les recueils des cycles thématiques. Aux côtés des que-
relles conjugales, des duperies ou de la satire d'un clergé
libidineux, la *Farce de Maître Mimin étudiant* fait partie
du cycle appelé « l'enfant mis aux escolles » par Halina
Lewicka[2]. Elle forme à l'intérieur de ce dernier un groupe
à part avec une autre pièce : *Maître Mimin qui va à la
guerre*, où réapparaissent l'étudiant, sa mère Lubine et son
père Raulet[3]. Comme le suggère aussi la mention de Mimin
dans le titre d'une pièce où le personnage s'appelle en réalité Philipot (*Farce de Maître Mimin le goutteux, son valet
Richard le Pelé sourd, et le Chaussetier*), ce nom était peut-
être celui d'un acteur connu, dont la popularité gagnait les
pièces qu'il interprétait et qui portaient son nom[4].

Dans *Mimin étudiant* et dans *Mimin qui va à la guerre*,
l'étudiant joue le rôle qu'on appelle le badin de la farce.
C'est le premier rôle masculin des farces, souvent reconnais-
sable à son costume ou à ses accessoires. Le bavoir et le
béguin, ou bonnet d'enfant, sont parfois accompagnés d'un
attribut dicté par l'action, comme l'écritoire dans *Mimin qui
va à la guerre*. Le badin est un personnage paradoxal. Naïf
et borné, il tire cependant son épingle du jeu[5]. Si son obsti-
nation à parler un latin de cuisine fait d'abord rire, Mimin

    1. Gustave COHEN (éd.), *Recueil de farces françaises inédites du
XVe siècle*, Cambridge (Massachusetts), The Medieval Academy of Ame-
rica, 1949.   **2.** Voir Halina LEWICKA, *Études sur l'ancienne farce française*, Paris, Klincksieck, 1974, p. 32-46.   **3.** Gustave COHEN (éd.),
Recueil de farces françaises inédites..., *op. cit.*, p. 27-33.   **4.** Voir PETIT
DE JULLEVILLE, *Répertoire du théâtre comique français*, Paris, Cerf, 1886,
notice 129, p. 157 ; Jean HANKISS, *Farce nouvelle. Farce nouvelle tres
bonne et fort joyeuse du cuvier. Farce joyeuse de Maistre Mimin*, *Biblio-
theca Romanica*, 301-302, 1924, p. XVIII, note 23.   **5.** Voir Charles
MAZOUER, « Un personnage de farce médiévale : le naïf », *Revue d'histoire
des textes*, 1972-2, 24e année, p. 144-161, spécialement p. 146.

suscite aussi la pitié quand il est maltraité par le curieux stratagème que ses proches lui infligent pour lui rendre la raison. Au bout du compte, il réussit à épouser sa promise, et il est dans la dernière scène le maître de l'action : il porte sa fiancée sur son dos, et il dirige le chœur final.

Ici comme dans d'autres pièces du cycle de « l'enfant mis aux escolles », le badin est secondé par un personnage très important : sa mère. C'est Lubine qui apprend à Raulet la mauvaise nouvelle, fournissant à la pièce son argument. C'est elle qui convainc Raoul Massue de les accompagner. C'est surtout elle qui tire son fils des griffes du *magister*, et qui le guérit en lui réapprenant à parler : « *Il n'est dieutrine* (doctrine) *que de nous !* », clame-t-elle alors, en écho au « *Il n'est finesse que de femme* » de *Mimin qui va à la guerre*. Le badin et sa mère, une femme de bon sens capable de ruse et d'efficacité : avec un décor suggéré par les déplacements et quelques accessoires, les caractères de la farce forment une dramaturgie aussi sobre qu'efficace. Mais surtout, Lubine incarne la langue bien pendue des femmes et leur habileté à la parole. La thématique propre à notre pièce concerne bien le langage, mais la critique du latin macaronique y est supplantée par les mérites comparés de l'usage de la parole selon les sexes. C'est grâce à leur maniement du langage que Lubine et la fiancée sont des personnages positifs. En revanche, les hommes dans la *Farce de Maître Mimin étudiant* sont colériques, et impuissants à masquer leurs sentiments aussi bien qu'à obtenir un résultat.

Fâché contre une femme dont par ailleurs il admire la faconde, Raulet est un « emploi » ridicule. Il subit une petite vengeance de Lubine, qui le fait courir tout essoufflé derrière elle. Il lui incombe d'exposer le curieux mal de Mimin à son futur beau-père, dans une langue où résonnent les jeux dyslexiques, l'*instutiteur* et l'*astrilogue*, si fréquents dans les farces[1]. C'est lui qui a honte de son fils lorsqu'en fait de retour à la raison, Mimin siffle à tue-tête « comme un pinson des Ardennes ». C'est enfin lui qui exprime son

---

1. Voir Halina LEWICKA, *Études sur l'ancienne farce française*, p. 57-77, spécialement p. 62.

soulagement en offrant un banquet final : le mariage va avoir lieu, et son fils accomplira l'ascension qu'il avait rêvée pour lui.

Goguenard face à Raulet, puis superstitieux lorsqu'il envisage les effets diaboliques du latin de Mimin, Raoul Massue est un personnage moins bien campé, mais aussi ridicule que Raulet, avec qui il s'enlise dans des salutations sans fin. Et finalement, c'est lui qui risque de ne pas pouvoir marier sa fille au corps si tendre de dévergondée. Car qui sait ce que désigne son art du chant, dont son père innocemment se targue ?

Le *magister* est le personnage masculin le plus complexe. Parce qu'il commet dès son entrée en scène un beau solécisme et ne corrige jamais les fautes de son élève, on rit autant de lui qu'on rit avec lui du fruit étonnant de son travail. Cependant, il craint les reproches de la famille de l'étudiant, qui ne manquent pas de s'abattre sur lui. Conciliant, il accepte alors d'accompagner son élève, curieux des progrès auxquels il a dû renoncer en tant que pédagogue. Mais ce n'est pas en tant que professeur, c'est en tant qu'homme qu'il se targue de savoir remédier au mal de Mimin. Et il est le premier à formuler clairement l'opposition des sexes qui structure la dernière partie de la pièce. C'est finalement dans ce domaine qu'il doit reconnaître, non sans amertume, le triomphe d'une mère avertie et d'une péronnelle amoureuse : « *Ce sont les femmes les meilleures / pour ce qui est de la parole !* »

L'apprentissage de la parole, et plus précisément de la langue française, est donc présenté comme une compétence pratique. Parallèle à l'enseignement universitaire, cet apprentissage est-il l'apanage des femmes ou du bon sens, paysan ou non, opposé à la prétention des clercs en formation ? La rééducation de Mimin dans une cage à poussins n'est pas sans évoquer le « bec-jaune » (béjaune), niais comme l'oiseau qui vient de naître, que Pathelin feint d'être pour mieux duper le drapier[1].

Femme et homme, c'est le jour et la nuit, certes, mais à

---

1. Voir *Pathelin*, v. 262, 352, et Edmond Huguet, *Dictionnaire de la langue française du XVIᵉ siècle*, Paris, Champion, 1925, t. 1, p. 529.

l'avantage des premières ! La fiancée s'oppose vivement à l'idée que la langue serait maîtrisée par les hommes, ce que lui reproche plusieurs fois le *magister*. À la fois provocante et naïve, on a pu la considérer comme la première ingénue du théâtre français : elle minaude derrière le rideau, mais emporte sa poupée. Si, par sa maîtrise du langage, elle conserve sur son promis un certain contrôle, elle est en adoration devant lui, et prête à tout lui pardonner pour devenir sa femme : ne « chantent-ils » pas bien ensemble ? La douce image de la jeune fille apprenant à parler aux oiseaux est cependant rectifiée par la cruauté de la cage où le pauvre Mimin transpire de peur et se blesse. Mais nous sommes à ce moment dans l'univers déréglé de la farce, où les sentences sont prises au pied de la lettre pour faire rire le spectateur[1].

La valeur qui fait le consensus entre tous les personnages, c'est l'amour, sous les formes du sexe, de la famille et de la succession des générations. Raoul Massue se vante auprès de Lubine d'avoir été un vert galant, et, alors qu'ils se disputent très souvent, Raulet parvient à faire rire sa femme avec une allusion grivoise sur le « parler français » entre Mimin et sa promise. Mais celui qui ne fait que menacer sa femme de coups, puis qui traîne la jambe pour la suivre, est sur le plan sexuel un ancien, destiné à être remplacé — et Lubine, déjà, s'attarde auprès d'un autre en prétextant une visite au four banal. C'est Mimin qui prend le relais, en chargeant sa future femme sur son dos et en commentant, à l'intention de son père, ses formes appétissantes. De plus, le comique de l'étudiant provient autant de son ignorance que du décalage entre une constitution qui le destine au travail physique et à l'amour, et des prétentions

---

1. Voir *Mahuet, ou le Prix du marché* (dans G. COHEN, éd., *Recueil de farces inédites…*, *op. cit.*, p. 303-308) où, pour obéir à sa mère qui cherche le profit, le badin vend ses œufs à un malin qui lui dit s'appeler « le prix du marché ». Ou encore *La Farce du Cuvier* (E. PHILIPOT, *Trois farces…*, *op. cit.*, p. 121-140) : le mari, qui doit obéir aux ordres écrits par sa femme sur une charte, la laisse presque se noyer dans la cuve où elle est tombée par accident, puisqu'il n'est pas écrit qu'il doit l'en sortir.

intellectuelles sans résultat. Mais ces prétentions ne sont-elles pas plutôt celles de son père, aussi ébloui que gêné par le *magister* et par le latin ? Face au grand livre des Psaumes, c'est le cerveau du fils de Raulet qui n'en peut mais, et la farce montre aussi comment l'ordre, familial et social, est finalement rétabli. Si son voyage dans les terres étrangères du latin a rendu Mimin plus habile, c'est à mettre la langue française, qui lui vient de sa mère, au service de l'amour et de la construction d'une nouvelle famille.

Enfin, le véritable monde de la farce, c'est celui du théâtre, du jeu et des libertés qu'il permet de prendre par rapport au réel. À chaque instant, les comédiens sont invités à exhiber leur pratique, en sur-jouant leurs déplacements, ou en montant de petits spectacles dans le spectacle. Raulet est le chef d'orchestre d'un premier chœur, tandis que tous les comédiens chantent pour finir un « Vogue la gallée » sous la baguette de son fils, qui lui succède au théâtre comme dans l'ordre de la nature. Culminant dans l'image saugrenue d'un jeune homme coiffé d'une cage pour mieux apprendre, c'est de manière désinhibée, et pour le pur plaisir du jeu, que la *Farce de Maître Mimin étudiant* reprend des thématiques chères à la farce. L'apprentissage du français, le comique sexuel, le conflit des générations ou le débat sur les mérites comparés des hommes et des femmes, sont représentés dans un monde où règnent le rire, le langage et le jeu.

V. DOMINGUEZ

Note sur le texte et la présentation

Nous avons traduit le texte édité par Emmanuel Philipot dans *Trois farces du recueil de Londres. Le cousturier et Esopet. Le cuvier. Maistre Mimin estudiant*, Rennes, Plihon, 1931, p. 141-163, et repris avec quelques corrections par André Tissier dans *Recueil de farces (1450-1550)*, tome III, Genève, Droz, 1988, p. 229-272.

L'ensemble se joue devant un rideau tendu au ras du tréteau, qui ménage une coulisse. Celle-ci est indispensable à quelques jeux de scène, que nous avons parfois ajoutés pour éclairer le potentiel dramatique du texte original. Les didascalies originales sont en italique, et celles que nous avons ajoutées, en italique et entre crochets. Les trois lieux où l'action se déroule sont suggérés dans le manuscrit par les répliques, et les déplacements de l'un à l'autre sont accompagnés de rondeaux. Nous avons donc ajouté le découpage en scènes et nous avons indiqué les rondeaux dans un caractère différent, avec leurs refrains en gras.

Farce joyeuse de Maître Mimin
étudiant à six personnages

Personnages

LE *MAGISTER (maître d'école)*
MAÎTRE MIMIN, *étudiant*
RAULET, *son père*
LUBINE, *sa mère*
RAOUL MASSUE
et LA FIANCÉE *de Maître Mimin*

Scène 1 : Chez Raulet

[Raulet, Lubine]

RAULET *commence*.

>Ah ! Lubine, enfin ! Bien le bonjour !
>*[En la menaçant.]*
>Ne craignez-vous pas cette main ?
>D'où venez-vous ?

LUBINE.

>   Je viens du four,
>pour savoir si nous y cuirons demain le
>   [pain[1].
>5 Tout le monde n'est pas aussi en forme
>que vous !

RAULET.

>   Vous m'en direz tant !
>*[Lubine se tient la poitrine en
>grimaçant.]*
>Comment, vous êtes malade ?
>Avez-vous encore mal aux seins ?

LUBINE.

>J'ai de terribles nouvelles
>10 de notre fils.

RAULET.

>   Vraiment !
>Qu'est-ce qu'il y a ?

LUBINE.

>   Il y a

---

1. Il s'agit du four du boulanger, appelé four commun ou banal, où chacun venait cuire son pain. Mais c'est peut-être d'une visite galante que Lubine revient, comme le suggère parfois cette image. Voir Peire d'Auvergne, *Sirventès sur douze troubadours*, strophe 4 sur Bernard de Ventadour, lequel « Eut pour père un "sirven" / S'entendant fort bien à tirer de l'arc manuel d'aubour, / Et sa mère chauffait le four / Et ramassait les sarments », dans *Les Troubadours*, tome II : *Le Trésor poétique de l'Occitanie*, texte et traduction par René Nelli et René Lavaud, Paris, Desclée de Brouwer (1966), 2000, traduction p. 629.

qu'il ne parle plus français !
Son maître d'école l'a dompté,
et il lui a tant obéi
15 qu'on ne le comprend pas plus qu'un
                                    [Anglais
quand il parle !

RAULET.   Dieu me protège !
Mais qu'allons-nous faire, doux Jésus ?

LUBINE.   Ce que nous ferons ? Dieu me
                                    [pardonne !
Vous savez qu'il est fiancé
20 à la fille de Raoul Massue.
C'est la plus belle fille de sa rue,
la mieux attifée les jours de fête.

RAULET.   Et moi qui l'avais mis à l'école
pour qu'il apprenne le droit !

LUBINE.   25 C'était pour qu'il perde la tête !
Ne connaissait-il pas déjà tous ces livres
qui nous ont coûté deux cents livres ?
J'ai entendu maître Mengin
dire que pour un enfant, il était
30 si beau, si grand, si fort…
D'ailleurs, il suffit de regarder son nez
pour s'en rendre compte[1] !

RAULET *[en faisant un signe de croix]*.
Qu'il ne parle plus français – Jésus Marie ! –
c'est vraiment ennuyeux :
35 la petite ne le comprendra pas
quand ils discuteront l'un avec l'autre !

---

1. Allusion grivoise qu'on trouve aussi chez Rabelais, *Gargantua*, chap.
XL : « *Ad formam nasi cognoscitur ad te levavi* », « à la forme de mon nez
on reconnaît que je me suis levé vers toi… », plaisanterie à partir du psaume
XXIV, « *Ad te levavi animam meam* », « j'ai levé mon âme vers toi », chanté
le premier dimanche de l'Avent pour marquer le début de l'année liturgique.

LUBINE.

Hélas, non ! Aussi, je crois que
nous devrions aller à l'école
pour voir s'il est bien dans cet état.
40 Parce que plus il y restera,
plus il parlera latin,
et même les chiens n'y comprendront
rien !

RAULET.

Lubine, vous avez raison.
Mais il nous faut prendre en passant
45 Raoul Massue et sa fille,
la fiancée de notre fils.
Car, pour tout vous dire,
je crois qu'à elle, il parlera français !

LUBINE *[après s'être tordue de rire].*

Ah, par les franges de ma robe[1],
50 vous m'avez bien fait rire
avec votre plaisanterie !
Allons-y, et en vitesse !
[Elle part devant en courant.]

RAULET *[Il essaie en vain de la suivre].*

C'est comme si nous y étions[2],
c'est juste ici[3].

LUBINE *[appelle].*

55 Ohé ! *[À son mari.]* Allez, dépêchez-vous,
c'est comme si nous y étions.

---

1. « Par les *peulx* de ma *cotelle* » : « *peulx* » est le pluriel normand de
peil, *pé* : « poil, frange ». « *Cotelle* » est le diminutif de « *cotte* » : « robe »,
« veste », « vêtement » (PHILIPOT, p. 80).   **2.** Rondeau 1, v. 53-60. Lubine
se venge des menaces de son mari en le faisant courir trop vite.   **3.** « *Il
n'y a que un petit juppet* » : distance « d'une portée de voix ». Le terme
serait normand (PHILIPOT, p. 144, note 5).

Scène 2 : Chez Raoul Massue

[Raoul Massue, sa fille, puis Lubine et Raulet]

RAOUL MASSUE *[entre en scène mais reste loin de Raulet].*
                Tiens, qu'est-ce que j'entends ?

LA FIANCÉE *[derrière le rideau].*   C'est sûrement Lubine.

                [Apparaissant un instant au rideau.]
                Ohé !

RAOUL MASSUE *[ironique, en regardant Raulet essoufflé].*
                Allez, mon vieux[1] !

RAULET.   C'est comme si nous y étions,
        60 c'est juste ici.
                Bonjour, tout l' monde[2] !

RAOUL MASSUE.   Que Dieu vous garde,
                L'ami Raulet, et ma chère Lubine !

RAULET.   Approchez-vous, je vous en prie !

LUBINE.   Bonjour, tout l' monde !

RAOUL MASSUE.   Que Dieu vous garde !

RAULET.   65 Et votre fille ?

_____

1. « *Avant, pipet !* » Selon Philipot (p. 81), cette expression serait
l'équivalent de notre « En avant, la musique », car « pipet » veut dire
« flûte, pipeau », et en normand, « fétu avec lequel on aspire le cidre »
(F. GODEFROY, *Dictionnaire de l'ancienne langue française du IXe au
XVe siècle*, t. 6, p. 171), « paille », « tuyau ». Voir Georges MÉTIVIER, *Dictionnaire franco-normand ou recueil des mots particuliers au dialecte de
Guernesey faisant valoir leurs relations romanes, celtiques et tudesques*,
Londres/Édimbourg, Williams & Norgate, 1870, p. 391). Mais si on la
considère comme une réaction ironique de Raoul Massue à l'égard de Raulet essoufflé, cette réplique devient la première marque de distance entre
le futur beau-père et les parents de Mimin. Cette distance justifie l'inquié-
tude qu'ils viennent d'exposer, et qui a motivé leur déplacement. Si leur
fils ne parle plus français, son mariage est compromis, car Raoul Massue,
peut-être parce qu'il est plus fortuné qu'eux, avec son enfant si bien vêtue,
donne plusieurs signes de son hésitation à marier sa fille à Mimin, à commencer par son refus de s'approcher de Raulet.   2. Rondeau 2, v. 61-68.

RAOUL MASSUE.   Elle fait bouillir du lait.

LA FIANCÉE *[apparaît au rideau, et y reste pour écouter la conversation].* Ça y est, ça y est !

LUBINE.   Je la vois, la coquine[1] !

RAULET.   **Bonjour, tout l' monde !**

RAOUL MASSUE.   **Que Dieu vous garde,**
L'ami Raulet, et ma chère Lubine !
Mais quel bon vent vous amène ?
70 C'est rare que vous nous rendiez visite.

LUBINE.   Hélas ! Que Dieu nous préserve !

RAOUL MASSUE.   Que se passe-t-il ?

RAULET.   Oh, rien du tout,
Mais venez donc par ici, je n'ose pas
en parler devant votre fille.

RAOUL MASSUE *[s'approchant enfin ; la Fiancée, n'entendant plus, disparaît derrière le rideau].*
75 Comment ? Y a-t-il le feu en ville,
ou bien maître Mimin est-il mort ?

RAULET.   Voilà l'affaire. Nous avons cessé
de l'envoyer à l'*instutiteur*[2]
pour qu'il devienne un grand *astrilogue*[3],
80 et un grand docteur en droit,
et pour qu'il fasse au mieux
avec ce qu'il recevra de nous deux.
Mais nous ne sommes pas contents,
car il a tant pris, compris,
85 repris, mâché et rabâché,

---

1. « *Godine* », d'origine indéterminée, et qui signifierait peut-être « prostituée », est rattaché à « gaudine », « femme gentille, agréable », mais pas nécessairement de mauvaise vie. Voir GODEFROY, t. 4, p. 245.   2. À maître Mengin, l'ancien maître de Mimin, dont Lubine rappelait plus haut l'admiration pour son fils.   3. *Instutiteur, astrilogue* : la déformation des mots par dyslexie, qui veut imiter le langage populaire, est une source de comique fréquente dans les farces. Voir Halina LEWICKA, *Études sur l'ancienne farce française, op. cit.*, p. 62.

et récité du latin,
qu'il a oublié le français
au point qu'il n'en sait plus un mot.
Aussi, je crois qu'au plus vite
90 nous devons nous mettre en route
et aller le chercher en courant
pour remédier à la situation.

RAOUL MASSUE.   Alors vous dites qu'il ne fait
qu'étudier, tout haut, sans arrêt ?
95 Mais il risque de prononcer des mots
qui fassent venir le diable !

LUBINE.   Allons ensemble le chercher,
mon ami, nous verrons bien.

RAOUL MASSUE.   **Eh bien, en route**[1] **!**
100 **Allons-y donc sans tarder.**
*[À sa fille, qui est toujours derrière le
rideau.]*
Habille-toi, lambine[2] **!**

RAULET.   **Eh bien, en route !**

LUBINE *[à part, à Raulet]*.
S'ra-t-il content
de la voir ?

RAULET *[en colère, à voix basse]*.
Taisez-vous donc !
[À Raoul Massue, à voix haute.]
105 **Eh bien, en route !**
Allons-y donc sans tarder.

RAOUL MASSUE.   Mais d'où viens-tu ? Tu traînes !
Prenez-la par la main, Lubine.

LA FIANCÉE.   J'ai simplement pris la poupée
110 que maître Mimin, mon amoureux,
m'a donnée !

---

1. Rondeau 3, v. 99-106.   2. « *Lindraye* » : forme nasalisée de « *len-draye* », dérivé de « *landorer* », « lambiner » en Normandie, dans le Bessin (PHILIPOT, p. 83).

LUBINE.   Quelle bonne idée !
                        [Au public.]
                    Ah ! l'amour, l'amour !
                        [Ils sortent, derrière le rideau ou
                        devant les tréteaux.]

                    Scène 3 : Chez le *Magister*

[Le Magister, *Maître Mimin, puis Raulet, Lubine, Raoul*
                Massue et la Fiancée]

[Entre] LE *MAGISTER [qu'on reconnaît à son costume et à*
    ses livres].   Pour ne pas me causer d'ennuis
                            Mais pour me faire honneur,
              115   Et pour qu'un jour tu sois le meilleur,
                            Maître Mimin, apprends et lis !
                            Responde : quod librum legis[1] *?*
                            mais en français !

MAÎTRE MIMIN.   *Ego non sire.*
                        Franchoyson jamais parlare ;
              120   *car ego oubliaverunt*[2].

LE *MAGISTER [le montrant au public]*[3].
                            Jamais je n'ai vu d'élève aussi vif,
                            ni une telle soif d'apprendre !
                            Il est toujours en train de lire

---

1. « Réponds : quoi livre lis-tu ? » : solécisme (*quod* pour *quem*) du
maître, qui indique son niveau en latin et éclaire celui de son élève.
2. « Non, monsieur, je ne parler plus jamais français, car je l'avons
oublié » : réplique caractéristique du latin macaronique. Mimin ne parle
pas latin, mais il donne des terminaisons latines à des mots français (oublia-
verunt, parlare), il conserve certains mots français (*sire, jamais, car*), et il
y mêle des mots latins (*ego*). Il va jusqu'à transposer dans son latin de
cuisine ses fautes d'accord, caractéristiques d'un parler patoisant (*-erunt*
est une terminaison de pluriel avec un sujet singulier *ego*).   3. Cette
scène reprend le modèle du boniment, si souvent utilisé sur la scène médiévale depuis le *Dit de l'Herberie* de Rutebeuf. Le *magister* se comporte en
charlatan. Il vante son élève aussi déplorable qu'entêté, d'abord au public,
puis à ses parents, pour essayer d'éviter la colère de ces derniers.

une sentence, ou une *ipître*[1] !

125 Allez, cherche-moi donc le chapitre
— attention, c'est difficile ! —
sur les aventuriers qui dans le monde
prennent ce qu'ils peuvent saisir[2] !
Car, sache-le bien,

130 je ferai de toi un si grand homme
que tous les savants de Rome,
de Paris et de Pavie,
seront jaloux de toi,
car tu en sauras plus qu'eux.

MAÎTRE MIMIN *[lit]*.

135 *Mundo variabilius ;*
avanturosus hapare
bonibus, et non gaignare,
non durabo certanibus ;
et non emportabilibus

140 *que bien faictas au partire.*
Capitulorum huyctare
dicatur[3].

LE *MAGISTER*.   En voilà de belles paroles !
Dieu tout-puissant, ceux qui parlent
                                        [aussi bien

---

1. C'est la seule fois que le *magister* déforme un mot ou un élément de syntaxe français. Aussi, on peut imaginer qu'il imite cette fois Mimin, et qu'il rit avec le public de ses extravagances linguistiques.   2. Les chapitres et les psaumes demandés par le *magister* sont probablement inventés. Mais plutôt que d'identifier des principes moraux rebattus (voir PHILIPOT, p. 86-88), nous proposons de voir dans les citations peu compréhensibles de Mimin, qui répondent cependant à la demande du *magister* sur les « avantureux » en employant « *avanturosus* », puis « *advantura* », des allusions à une autre farce normande et à son cycle : celui de *L'Aventureux*, dont les personnages sont d'anciens écoliers devenus des voleurs de peu d'envergure. Voir E. PHILIPOT, *Six farces normandes du recueil La Vallière*, Rennes, Plihon, 1939, p. 193 et suiv. Non sans jubilation, c'est l'univers des farces comme lieu d'une pratique et de thématiques spécifiques qui est alors mis en scène, et c'est de lui que provient la critique de l'apprentissage du latin au détriment du français.   3. « Le monde être plein d'incertitudes, l'aventurier y prendre des biens sans les gagner. Mais cela ne durera pas éternellement, et lui n'emporter en quittant le monde que ses vrais bienfaits. Cela est *dixit* au chapitre huit. »

ne sont pas des imbéciles.
145 Celui-là ne se trompe pas d'un mot,
et tout vient de lui, de personne d'autre !
Pour sûr, on comptera avec lui
dès qu'il arrivera au pouvoir.
Allez, cherchez-moi donc le psaume
150 qui parle de l'honneur du monde
suspendu à un fil.

MAÎTRE MIMIN *[lit].*   *Gaude[amur]* !
In capitro tertialy ;
pendaverunt esse paly[1]
mondibus e[t] honorandus
155 *a un petitum filetus.*
Vivabit soubz advantura
mantellus in couvertura
remportaverunt bonorum.

LE *MAGISTER.*   Regardez-moi ce maître Aliboron[2] !
160 Comme il sait faire vibrer le latin !
Et qui dirait, à le voir, que sa science
va faire trembler les murs[3] ?

*[Raulet, Lubine, Raoul Massue et la
Fiancée arrivent devant le tréteau.]*

RAULET.   Enfin, nous y voilà !

LUBINE.   Allez-y d'abord, entre hommes,
puis nous vous suivrons, elle et moi.

---

1. « Avec plaisir ! Au chapitre troisième : les honneurs de ce monde pendent, il semble, à un petit fil. Celui qui vivra à l'aventure remporter pour tout bien un manteau comme couverture. » Sur « *esse paly* », voir Jonathan BECK, « Dissimilation consonantique et le pseudo-latin « esse paly » dans *Maistre Mimin estudiant* », *Zeitschrift für Romanische Philologie*, 1980, vol. 96, t. 1, p. 108-116.   **2.** Nom traditionnel du charlatan, quel que soit son domaine. Voir le monologue des *Dits de Maître Aliborum qui de tout se mêle et sait faire tous métiers et de tout rien* (1495), ou encore, dans le *Mystère de la Passion* d'Arnoul Gréban (vers 1452), Orillart, bourreau de Jésus, qui émet des doutes sur la capacité de sa victime à éviter les outrages et la mort, alors que Jésus a affirmé sa toute-puissance : « Sire roy, maistre Aliboron » (v. 22931).   **3.** Plus physique que cérébral, Mimin n'a pas l'air d'un intellectuel.

[À la fiancée.]
165 Tenez-vous bien, la belle.

LA FIANCÉE *[minaudant]*.
                    Regardez, c'est bien comme ça ?

RAULET.   Vous d'abord.

RAOUL MASSUE.   Je n'en ferai rien,
                    C'est toujours le père du garçon
                    le premier.

RAULET.   Je vous en prie !

RAOUL MASSUE.   Par ma foi,
175 c'est à vous d'y aller !

LA FIANCÉE.   Mais allez-y,
                    on dirait des mijaurées !
                    Vous en faites, des manières[1] !

RAULET *[montant le premier sur le tréteau]*.
                    Dieu garde mon fils et son *magister* !
                    Comment allez-vous ?

MAÎTRE MIMIN.   *Bene*[2].

LE *MAGISTER*. 180 Salue tes parents, monsieur l'étudiant,
                    en français !

MAÎTRE MIMIN *[saluant bien bas chacun, et s'attardant
    devant sa fiancée]*.   *Ego non sira.*
                    Parus, Merus, Raoul Machua[3],
                    filla, douchetus poupinis,
                    donnaure a mariaris,
185 *saluare compagnia*[4].

RAULET.   Nous ne comprenons rien à tout cela.

---

1. Que la fiancée rabroue son père et son futur beau-père me semble possible, étant donné son rôle dans la dernière partie de la pièce. Elle n'hésite pas à donner son avis, et c'est bien ce que lui reproche à maintes reprises le *magister*. 2. « Bien ». 3. Rondeau 4, v. 177-192. 4. « Moi ne sais. Mon père, ma mère, Raoul Massue, sa fille, jolie poupée en mariage donnée : salut, la compagnie ! ».

LE *MAGISTER*.　　　Chers amis, il vous dit bonjour !

MAÎTRE MIMIN *[même jeu]*.

　　　　　　　Patrius, Merus, Raoul Machua,
　　　　　　　filla, douchetus poupinis[1].

LUBINE.　　　190　Mais parle français, mon petit *bebus*[2] !

MAÎTRE MIMIN.　　*Bebus ! Latina parlaris*[3] !

LA FIANCÉE.　　　Mon père, en vérité, je ris
　　　　　　　de l'entendre !

RAULET.　　　　　　　C'est qu'il en sait, des choses !

MAÎTRE MIMIN *[même jeu]*.

　　　　　　　Patrius, Merus, Raoul Machua,
　　　190　***filla, douchetus poupinis,***
　　　　　　　donnaure a mariaris,
　　　　　　　saluare compagnia[4].

LUBINE *[au* Magister*]*.

　　　　　　　Ho ! Monsieur, devant sa mère,
　　　　　　　levez-vous ! Vous êtes bien silencieux.

RAULET *[à Mimin]*.

　　　195　Mais as-tu oublié la langue
　　　　　　　que ta mère t'a enseignée ?
　　　　　　　Elle qui la parle si bien[5] !

LE *MAGISTER*.　　　　　　　En vérité,
　　　　　　　il a l'air tout engourdi !
　　　　　　　Mais il se consume tant à l'étude
　　　200　et parle parfois si fort
　　　　　　　que j'en perds la tête, et lui aussi.
　　　　　　　C'est terrible, quand j'y pense !

---

1. « Mon père, ma mère, Raoul Massue, sa fille, jolie poupée… »
2. « Mon petit bébé ! » : en mère aimante et désespérée, Lubine veut se faire comprendre et elle se laisse contaminer par le latin de Mimin.
3. « *Bebus* ! Mais vous parlez latin ! »　　4. Voir note au v. 180.
5. Quoique comme une Normande ! De nombreux traits dialectaux marquent la conjugaison de Lubine, et cet éloge de Raulet a pu faire rire un public non normand.

LUBINE.   On sait bien d'où cela lui vient.

Il existe des maîtres pervers

205 qui battent leurs élèves pour un vers.

Vous l'avez trop mené à la baguette,

c'est terminé !

LE *MAGISTER*.   Ah ! Quelle grosse perte !

Et tout serait de ma faute[1] ?

RAULET.   **Le *magister* n'en peut plus[2] ;**

210 **il a fait ce qu'il a pu.**

MAÎTRE MIMIN.   *Aprenatis, carismedes[3]…*

RAOUL MASSUE.   **Le *magister* n'en peut plus.**

LUBINE.   Parleras-tu jamais français ?

Dis au moins un mot, sois galant[4] !

LA FIANCÉE. 215 **Le *magister* n'en peut plus ;**

il a fait ce qu'il a pu.

LUBINE.   Embrasse-la, au moins, tu m'entends ?

Mais quel manque d'éducation !

MAÎTRE MIMIN [*l'embrasse*].   *Baisas.*

Couchaverunt a neuchias,

220 *Maistre Miminus anuitus,*

sa fama tantost maritus,

facere petit enfan[c]hon[5].

RAULET.   C'est diabolique, ce latin !

Magister, que veut-il dire ?

LE *MAGISTER*. 225 Ce sont des mots pour rire.

Ils sentent un peu, euh… la chair !

---

1. « *Me baillez-vous cest* entremetz ? » : « mauvais tour, embêtements, chose difficile à avaler », dans G. DI STEFANO, *Dictionnaire des locutions en moyen français*, Montréal, CERES, 1991, p. 298. 2. Rondeau 5, v. 209-216. 3. « Apprenez, très chers… » 4. « *Joletru* » : « jeune galant, freluquet » (TISSIER, *éd. citée*, p. 253, note). 5. « Un baiser ! Coucher cette nuit pour ses noces avec sa femme maître Mimin, et lui faire vite un petit enfant. »

RAOUL MASSUE.   C'est-à-dire ?

LE *MAGISTER*.   Qu'il voudrait bien
coucher avec cette fille, dans un lit,
comme un homme le fait
230 la première nuit, devant Dieu,
avec sa femme.

RAULET.   Quel galant homme !

LUBINE.   Il a du goût pour les bonnes choses[1] !

RAOUL MASSUE.   Cela vous étonne, Lubine ?
Par ma foi ! Quand j'avais son âge,
235 c'était quand je voulais,
il me suffisait de claquer des doigts[2],
et hop !

RAULET.   Tout bas pour la petite !
Les filles sont maintenant si délurées,
qu'on a beau être subtil,
240 elles comprennent tout à demi-mot.
Mais abrégeons.
Magister, vous nous avez dit
que notre fils en sait plus que vous :
ce sont vos propres paroles !
245 Vous viendrez donc à son école
À votre tour ; car il repart
Avec nous.

LE *MAGISTER*.   Eh bien, je me rends !
Et je viendrai, pour le conduire,
et pour voir qui pourra bien le séduire
250 et le remettre un peu au français.

[Ils se mettent tous en route.]

---

1. « *Il a le cuer à la cuisine !* » « *Avoir le cuer en/à la cuisine/es champs et le corps au moustier* » : l'expression est parfois double, et signifie « penser aux biens de ce monde plutôt qu'à Dieu ». Voir G. DI STEFANO, *op. cit.*, p. 178, 221.   2. « *Et je trouvoie mon advantage / Incontinent : sur pied sur bille / C'estoit.* « *Sur pied sur bille* » : « tout de suite », « sur-le-champ ». (GODEFROY, t. 6, p. 149).

RAULET.   **Vraiment, ne sait-il plus chanter**[1]
                         Pour nous amuser en chemin ?

RAOUL MASSUE.   Ma fille chante bien, elle !

LA FIANCÉE.   **Vraiment, ne sait-il plus chanter ?**

LE *MAGISTER*.   255 Mais si, mais si !

LUBINE.   Haut les cœurs !
                         Le joli cœur, avec sa fiancée !

RAOUL MASSUE.   **Vraiment, ne sait-il plus chanter**
                         Pour nous amuser en chemin ?

LE *MAGISTER*.   Il est très doué !

RAULET.   Eh bien, chantez !

        Ils chantent une chanson de leur
        répertoire[2].

Scène 4 : Chez Raoul Massue

[Les mêmes]

RAULET.   260 Ça suffit ! Il faut en finir.
                     Alors, *magister*, que faire, selon vous,
                     Pour qu'il se remette enfin
                     à parler français ?

LE *MAGISTER*.   C'est la lecture
                     qui l'a mis dans cet état.
                 265 Aussi, si on le laisse seul,
                     il court un très grand danger.
                     Il ne faut donc pas le quitter des yeux,
                     il faut le surveiller jour et nuit,

_____

1. Rondeau 6, v. 251-258.   2. « *Ils chantent une chanson* à plaisir »,
c'est-à-dire « au choix ». Si la pièce est jouée par une troupe de comédiens
professionnels, on peut supposer que c'est à leur propre répertoire qu'ils
empruntent cette chanson.

et s'il dort, il faut le réveiller.
270 Surtout, qu'il n'aie ni livre ni livret,
car cela l'enivrait complètement,
et lui brouillait l'esprit.

LUBINE.   Mais non, voici ce que nous allons faire
pour lui réapprendre à parler.
275 Nous le mettrons dans une cage :
on y enseigne bien à parler
aux oiseaux !

RAULET.   Ah, que c'est bien dit !

RAOUL MASSUE.   C'est une très bonne idée, Lubine.

LA FIANCÉE.   Ah, mon Dieu, comme vous êtes fine !
280 Vous valez mieux que tous nos voisins.
Ne sera-t-il pas très bien
dans notre cage à poussins ?

RAOUL MASSUE.   J'ai peur que ce soit difficile :
il est si grand et si carré,
285 si large d'épaules, si musclé
qu'il pourrait à peine y entrer !

LA FIANCÉE.   Attendez, je vais vous la montrer.

*[Elle la rapporte en courant de
derrière le rideau.]*

Pourvu que sa tête soit dedans,
avec son nez et sa bouche et ses dents.
290 Si ses fesses restent dehors,
ce n'est rien !

RAULET.   Mais quelle tête il fait !
Allons, n'aie pas peur, mon garçon !
Moi, Raulet, ton père,
ton *magister* et Raoul Massue,
295 nous allons t'apprendre à parler. Il sue
de peur à grosses gouttes, le pauvre !

MAÎTRE MIMIN.   *Cageatus emprisonnare*
livras non estudiare

et latinus oubliare.
300 *Magister non monstraverunt,*
Et non recognossaverunt
Intro logea resurgant[1].

RAULET.   Que dit-il ?

LE *MAGISTER*.   Il est si appliqué
qu'il se tue à l'étude !

LUBINE.   305 Il faut bien commencer par un côté.
Allez, maître Mimin, entrez !

RAOUL MASSUE.   Soyez donc un peu raisonnable,
et faites ce qu'on vous conseille !

LUBINE.   **Qu'il est docile ! C'est étonnant**[2].
310 **Comme il y entre gentiment !**

MAÎTRE MIMIN.   Aïe !

LUBINE.   Il s'est blessé l'oreille !

RAULET.   **Qu'il est docile ! C'est étonnant.**

LE *MAGISTER*.   C'est en effet bien surprenant[3].
Comme il est obéissant !

LUBINE.   315 **Qu'il est docile ! C'est étonnant !**
Comme il y entre gentiment !

RAULET.   *Magister*, pour commencer,
Puisqu'ici notre cause est commune,
Parlons-lui, nous, d'homme à homme.
320 Il me semble que c'est le mieux.
Vous d'abord !

LE *MAGISTER*.   C'est d'accord.
Sans vouloir blâmer personne,
nos discours et ceux des femmes,

---

1. « Moi être en prison dans une cage, moi ne pas pouvoir étudier les livres et oublier mon latin. Le *magister* n'avions pas montré cela, et je ne reconnaissons pas moi dressé sur une scène ! »   2. Rondeau 7, v. 309-316.   3. Il ne lui obéissait pas du tout dans la scène précédente !

                        c'est le jour et la nuit[1],
    325   car nous savons plus de choses
          et nos idées vont plus loin.
          Que Dieu te donne l'éloquence,
          en bon français, maître Mimin !
          [......in[2]]
    330   Parle donc…

LA FIANCÉE.   Mais c'est faux !
          On dit bien que les femmes sont douées
          pour la parole !

LE *MAGISTER*.   Et même trop, parfois !

LA FIANCÉE.   Nous avons la voix bien plus douce
          que les hommes, ces gros brutaux.
    335   Un jeune homme qui a fait des études,
          il ne faut pas le traiter ainsi !

LUBINE.   Parfaitement ! Dites : « Ma joie ! »

MAÎTRE MIMIN *[répond avec une voix de femme]*.
                              « Ma joie ! »

LUBINE.   « Ma mère, je vous demande pardon ! »

MAÎTRE MIMIN *[pleure]*.
                    « Ma mère, je vous demande pardon ! »

LUBINE.   340   « Et aussi à mon père Raulet. »

MAÎTRE MIMIN.   « Et aussi à mon père Raulet. »

LUBINE.   « Et à monsieur Raoul Massue. »

MAÎTRE MIMIN.   « Et à monsieur Raoul Massue. »
          Libérez-moi, ma mère, je transpire.
    345   Vous n'imaginez pas ce que je sens !

LUBINE *[en le libérant]*.
                    N'a-t-il pas parlé avec bon sens ?

---

1. « Ce sont deux paires de boissons » : c'est le cidre et la bière (ou le vin) ! (PHILIPOT, p. 93.)   2. Ici il manque un vers, que nous comptons, pour rimer avec « Mimin ».

Nous sommes les meilleurs *profisseurs*[1] !

LA FIANCÉE.   Eh bien, les hommes, vous voyez !
Qu'il vous parle ? Mais pensez-vous !
350 Cela l'aurait rendu encore plus bête.
[À Mimin.]
Dites plutôt : « Ma douce, ma
                    [mignonne... »

MAÎTRE MIMIN *[d'une voix aussi haut perchée que celle de
la Fiancée].* « Dites plutôt : Ma douce, ma
                    [mignonne. »

LA FIANCÉE.   « Je vous donne mon cœur et mon
                    [amour. »

MAÎTRE MIMIN.   « Je vous donne mon cœur et mon
                    [amour. »

LA FIANCÉE.   355 « Et au *magister*, de bon cœur... »

MAÎTRE MIMIN.   Ah, non ! « *Magister* », c'est du latin,
et je n'ose parler que français
devant ma mère.

LA FIANCÉE.   Ah ! Quelle voix !
Et quelle intelligence !

RAULET.   360 C'est un miracle !

RAOUL MASSUE.   Ma foi, oui !

LE *MAGISTER*.   Il faut bien se rendre compte
que les femmes sont plus malignes
que le... mais je ne veux pas jurer.

LA FIANCÉE.   Et il n'y a rien à ajouter.
365 Il n'y a pas que les perroquets,
les pies, les étourneaux et les geais,
à qui les femmes, par leurs douces paroles,
apprennent à parler en cage.

---

1. « *Il n'est dieutrine que de nous* » : *dieutrine* est mis pour « doctrine ».

Comment n'y aurions-nous pas réussi
370 pour mon chéri ?

LUBINE.   Il faut y aller[1].
              [À Raulet.]
          Rentrons[2], et payez-nous à boire.

MAÎTRE MIMIN *[siffle]*.
          Écoutez, ma mère, je siffle
          Comme un vrai pinson des Ardennes.
              [Il siffle.]
          Hou, hou, hou, hou, hou, hou, hou, hou !
375 Je veux chanter à pleine voix,
          Les oiseaux, eux, chantent si bien
          En cage !

RAULET *[le pousse hors de la scène]*[3].
                        Allons, mon fils, viens par ici.
          Nous chanterons bien en chemin.

MAÎTRE MIMIN.   **Je parle bien, bien, maintenant**[4] **!**

LE *MAGISTER*.   380 **Ce sont les femmes les meilleures.**

MAÎTRE MIMIN.   Ah, mon père, que Dieu vous protège !
          Je parle bien, bien, maintenant !
          Allons donc boire pour fêter ça !
          Ah, ma douce amie, sur mon âme,
385 **Je parle bien, bien, maintenant !**

LE *MAGISTER*.   **Ce sont les femmes les meilleures,**
          — je le dis sans blâmer personne —,
          c'est bien connu, pour ce qui est de la
                                    [parole !

---

1. Elle coupe court aux ébats des amoureux.   2. « *Faictes ce tour* » : « Retournons chez nous » (TISSIER, *éd. cit.*, p. 267, note).   3. Je traduis « *le met dehors* » par « le pousse hors de la scène », et j'ajoute plus haut une didascalie à Lubine, après le v. 345, car il me semble plus efficace que ce soit sa mère qui libère Mimin de sa cage dès qu'il parle français. Le geste de Raulet souligne alors sa honte face à son benêt de fils et, toujours, sa crainte que le mariage soit annulé.   4. Rondeau 8, v. 379-386.

RAULET.   Eh bien, ce soir, je veux
            390 faire ripaille à la maison !

                    [Ils se mettent en route.]

            Scène 5 et dernière : Chez Raulet

                    [Les mêmes]

MAÎTRE MIMIN.   Mangerons-nous le grand oison
                   qui me becquetait le nez ?

RAULET.   Absolument !

LA FIANCÉE *[à Mimin[1]].*   Venez, venez,
                   que je vous guide jusqu'au bout,
            395 mais allons-y tout doucement
                   car je suis vraiment fatiguée.

MAÎTRE MIMIN *[charge sa fiancée sur ses épaules].*
                   Eh bien, je m'en vais vous porter
                   tout de suite, sur mes épaules !

RAULET.   **Mais attention, vous êtes fou[2] ?**
            400 **Elle a le corps tellement tendre !**

MAÎTRE MIMIN.   Chantez maintenant : *ré, fa, sol.*

LUBINE.   **Mais attention, vous êtes fou ?**

MAÎTRE MIMIN.   Mon père, qu'elle a les fesses molles[3] !

RAOUL MASSUE.   Oh ! je vous la garantis vierge !

LE *MAGISTER*. 405 **Mais attention, vous êtes fou ?**
                   Elle a le corps tellement tendre !

---

   1. Plutôt qu'à Lubine (TISSIER, *Farces du Moyen Âge*, transcription en
français moderne, GF, 1984, p. 191) : la Fiancée continue à assumer son
rôle de maîtresse femme face à son promis.   2. Rondeau 9, v. 399-406.
3. Voir Rabelais, *Pantagruel*, chap. XVI, pour la contrepèterie de Panurge :
« il disoit qu'il n'y avoit qu'une antistrophe entre femme folle à la messe
et femme molle à la fesse. »

RAULET.　　　　　　Chantons donc en marchant, la belle,
　　　　　　　　　　tous ensemble, bien comme il faut.

LE *MAGISTER*.　　**Au moins on a bien vu comment**[1]
　　　410　**les femmes sont douées pour parler !**

RAULET.　　　　　　C'est sûr, mais je dirais plutôt :
　　　　　　　　　　au moins on a bien vu comment
　　　　　　　　　　elles parlent !

LE *MAGISTER*.　　　　　　　　　Assez stupidement
　　　　　　　　　　parfois, pour ne rien cacher !

RAOUL MASSUE.
　　　415　**Au moins on a bien vu comment**
　　　　　　les femmes sont douées pour parler !

MAÎTRE MIMIN.　　Ça suffit, il faut s'en aller.
　　　　　　　　　　Chantons bien fort : « Bonne route,
　　　　　　　　　　et adieu, vogue la galère ! »

　　　　　　　　[Ils chantent. Fin.]

---

1. Rondeau 10, v. 409-416.

CHRONOLOGIE

Les entrées en italiques correspondent à *La Farce de Maître Pathelin*, les entrées en romain à La Farce de Maître Mimin.

XIIe siècle Les poètes goliards produisent une poésie satirique qui mêle parfois le latin, l'allemand et le français.

Vers 1260 En Normandie, 1/5e des chartes sont écrites en français ou en dialecte régional, et non en latin.

Vers 1320 Dans cette région et pour ces textes, on constate un net recul du dialecte au bénéfice du français.

1450 Charles VII reprend la Normandie aux Anglais.

Vers 1450 L'expression « *escumer le latin* » est attestée dans les milieux des étudiants et des basochiens, pour critiquer l'emploi intempestif du latin à la place du français.

1456 *Grande Bible en 2 volumes in-folio, imprimée à Mayence par Johann Gutemberg, Johann Fust et Peter Schoeffer, premier livre imprimé avec des caractères mobiles.*

Entre 1460 et 1475 *Une troupe d'acteurs associés par contrat développe et joue la matière dramatique de* Maître Pierre Pathelin.

Avant 1475 *Le texte* Pathelin *est mis en circulation sous forme d'« originaux », manuscrits aujourd'hui perdus.*

1475 Entrevue de Picquigny entre Louis XI et Édouard IV d'Angleterre. C'est la fin de la guerre de Cent Ans.

1475-1477 *Premier livre en français imprimé à Paris, par*

Pasquier Bonhomme : les Grandes Chroniques de France *(deux volumes in-4º).*

Entre 1475 et 1480 *Copie de* Pathelin *dans les recueils Bigot et La Vallière.*

1480-1490 Composition de la *Farce de Maître Mimin étudiant.*

Vers 1485 *À Lyon, Guillaume Le Roy publie la plus ancienne version imprimée de* Pathelin *parvenue jusqu'à nous (un petit volume in-8º).*

1486 *Plus ancien contrat connu d'une troupe d'acteurs en France.*

Vers 1490 *La Macharonea* de Michele Tifi Odasi, satire paillarde émaillée de créations verbales mélangeant le latin et l'italien, paraît à Venise.

1512-1521 À Paris, constitution de deux recueils de farces imprimées, le recueil de Florence et le recueil Trepperel.

1532 Nouvelle satire des « *escumeurs de latin* » : l'écolier limousin (*Pantagruel*, chap. VI).

Vers 1540 À Lyon et à Paris, 64 farces et moralités françaises, dont *Maître Mimin étudiant*, sont imprimées. Elles sont réunies dans le recueil de Londres.

1539 Ordonnance de Villers-Cotterêts. Tous les textes juridiques doivent être rédigés en français.

1706 *L'abbé Brueys compose* L'Avocat Pathelin*, qui sera joué à la Comédie-Française jusqu'au milieu du* XIXe *siècle.*

1854 *Première édition critique de* Pathelin *d'après différents incunables parisiens, par François Génin.*

1924 *Édition de* Pathelin *d'après le texte de l'imprimé Le Roy, par Richard T. Holbrook ; ce sera l'édition de référence jusqu'à la fin du* XXe *siècle.*

1943 Les Théophiliens, comédiens amateurs, adaptent et jouent *Mimin* à Paris et en province.

1947 Les Théophiliens remportent le Grand Prix du

concours des Jeunes Compagnies théâtrales avec *Mimin* et *Aucassin et Nicolette.*

1948 Les Théophiliens reprennent ces deux spectacles au théâtre Sarah-Bernhardt.

1947-1949 Tournée des Théophiliens, avec *Mimin* et d'autres pièces de théâtre médiéval, en France, en Belgique, aux Pays-Bas et en Allemagne.

1979 *Première édition de* Pathelin *d'après le manuscrit La Vallière.*

1981 L'adaptation de *Mimin* par Gassies des Brulies est jouée au Carreau du Temple par la Compagnie Françoise du Bail, dans une mise en scène de Jean-Pierre Becker.

2002 *Première édition de* Pathelin *d'après le manuscrit Bigot.*

BIBLIOGRAPHIE [1]

ÉDITIONS DES MANUSCRITS ET IMPRIMÉS

Recueil La Vallière (vers 1475-1480) : Paris, B.N.F., ms. français 25467.

Jean-Claude AUBAILLY, *« La Farce de Maître Pathelin » et ses continuations. « Le Nouveau Pathelin » et « Le Testament de Pathelin ». Introduction, traduction et notes*, Paris, CDU-SEDES, 1979.
André TISSIER, *Recueil de farces (1450-1550), textes établis, annotés et commentés*. Tome VII, *Maître Pierre Pathelin*, Genève, Droz, 1993. À compléter par le tome XIII, *Tables, compléments et corrections*, index du Recueil, 2000, p. 69-77.

Recueil Bigot (vers 1475-1478) : Paris, B.N.F., mss français 1707 et 15080.

Darwin SMITH, *Maistre Pierre Pathelin. Le Miroir d'Orgueil. Texte d'un recueil inédit du XVe siècle (mss Paris, B.N.F. fr. 1707 et 15080). Introduction, édition, traduction et notes*, Saint-Benoît-du-Sault, éditions Tarabuste, 2002.

Imprimés Le Roy et Levet.

Jean DUFOURNET, *La Farce de Maître Pathelin. Texte*

---

1. Cette bibliographie ne concerne que *La Farce de Maître Pathelin*. Les références bibliographiques pour *La Farce de Maître Mimin* sont à consulter dans les notes de bas de page de la pièce.

établi et traduit, Paris, Flammarion, 1986. (Édition et traduction d'après l'imprimé de Guillaume Le Roy, Lyon, vers 1485.)

Michel ROUSSE, *La Farce de Maître Pathelin. Texte présenté et annoté*, Paris, Gallimard (Folio classique 3382), 1999. (Édition et traduction d'après l'imprimé de Pierre Levet, 1490-1491.)

BANDE DESSINÉE

David PRUDHOMME, *La Farce de Maître Pathelin*, Angoulême, Éditions de l'An 2, 2006. (Remarquable adaptation de *Pathelin* en bande dessinée, à partir d'une traduction qui en restitue une réelle intelligibilité dramatique.)

CHOIX D'ARTICLES

Noah D. GUYNN, « A Justice to come : The Role of Ethics in *La Farce de Maistre Pierre Pathelin* », *Theatre Survey*, 47 (2006), p. 13-31.

Urban Tigner HOLMES, « Les noms des saints évoqués dans le *Pathelin* », *Mélanges d'histoire du théâtre du Moyen Âge et de la Renaissance offerts à M. Gustave Cohen, professeur honoraire à la Sorbonne, par ses collègues et amis*, Paris, Nizet, 1950, p. 125-129.

Omer JODOGNE, « Rabelais et Pathelin », *Les Lettres romanes*, 9, (1955), p. 3-14.

Jelle KOOPMANS, « Pathelin Patarin : archéologie d'un monstre sacré », *Revue des langues romanes*, 103, (1999), p. 101-118.

Norris J. LACY, « Pathelin en 1706. De l'or dans le fumier », *Theatrum Mundi. Studies in honor of Ronald W. Tobin*, Rockwood Press, Charlottesville, 2003, p. 163-168.

Pierre LEMERCIER, « Les éléments juridiques de *Pathelin* et la localisation de l'œuvre », *Romania*, 73 (1952), p. 200-226.

Ulrich MARZOLPH, « *Maistre Pathelin* im Orient », *Gottes ist der Orient, Gottes ist der Okzident : Festschrift für Abdoldjavad Falaturi zum 65. Geburtstag*, Köln-Wien, Böhlau, 1991, p. 309-321.

Emmanuel PHILIPOT, « Remarques et conjectures sur le texte de *Maistre Pierre Pathelin* », *Romania*, 57 (1931), p. 558-584.

Michel ROUSSE, « *Pathelin* est notre première comédie », *Mélanges de langue et de littérature médiévales offerts à Pierre Le Gentil*, Paris, SEDES, 1973, p. 753-758.

—, « Pathelin ou la fourberie en question », *Maistre Pierre Pathelin. Lectures et contextes*, D. HÜE et D. SMITH éd., Rennes, Presses universitaires de Rennes, 2000, p. 7-34.

Bruno ROY, « Le texte du *Pathelin* : sur deux propositions récentes », *Le Moyen Âge*, 102, (1996), p. 551-566.

Darwin SMITH, « Le jargon franco-anglais de maître Pathelin », *Journal des Savants*, 1989, p. 259-276.

Veikko VÄÄNÄNEN, « *C'est lui tout craché* : une patelinade », *Recherches et récréations latino-romanes*, Naples, Bibliopolis, 1981, p. 289-304.

Table

Le Livre de Poche s'engage pour
l'environnement en réduisant
l'empreinte carbone de ses livres.
Celle de cet exemplaire est de :

300 g éq. CO$_2$

Rendez-vous sur
www.livredepoche-durable.fr

PAPIER À BASE DE
FIBRES CERTIFIÉES

Composition réalisée par P.C.A.

Achevé d'imprimer en janvier 2015 en France par
CPI Bussière à Saint-Amand-Montrond (Cher)
N° d'impression : 2013794
Dépôt légal 1re publication : novembre 2008
Édition 03 – janvier 2015
LIBRAIRIE GÉNÉRALE FRANÇAISE – 31, rue de Fleurus – 75278 Paris Cedex 06

30/8265/8